译文纪实

僕らが働く理由、
働かない理由、
働けない理由

稲泉 連

[日]稻泉连 著　　　熊芳 译

我们工作的理由、
不工作的理由、
不能工作的理由

上海译文出版社

目　录

序章 / 001

第一章　希望自己被劝服 / 013
　　　　——暮气沉沉的大学生，模糊不清的未来

第二章　不想成为那样的人 / 039
　　　　——对"营销"职位的焦躁

第三章　把一切献给音乐 / 059
　　　　——从精英路线到音乐人

第四章　寻求朋友圈 / 087
　　　　——快乐的飞特族生活

第五章　摆脱"茧居"状态 / 115
　　　　——直到他接受让自己苦恼的那段岁月

第六章　工作意味着坚持 / 149
　　　　——选择成为一名护理员

第七章　我在为何而活？/ 175
　　　　——校外补习机构年轻经营者的内心纠葛

第八章　在石垣岛寻得归宿 / 203
　　　　——成为冲浪者、海人

尾声 / 241
后记 / 245
文库版后记 / 249
译后记 / 252

序　章

在新宿站南口下车后，我朝着高岛屋[①]的方向走去。整幢建筑矗立在青空下，有力地彰显着它的存在感。走着走着，转眼间，我便被吸入了人潮漩涡之中。

从检票口出来的人络绎不绝，前方等待红绿灯的队伍也眼看着壮大了起来。大家都在等待横穿跟前的甲州街道。来来往往的轿车、卡车、出租车等各类车辆也一直排着队列，川流不息，仿佛是在传送带上被运送着。

交通信号灯一变，车辆便停下，行人则涌出。接着，一分钟过后，车辆开始移动，行人一个接一个地在斑马线前堆积起来。这般场景宛如工厂的流水线，抑或说，像是遵循着自然规律在同一个地方循环往复着似的。

我突然在想：倘若自己逆着这样的人流而行，又会如何呢？

在顺势而行的人群洪流当中，一旦有人想要沉思而止步，走在其后的工薪族便会冷不丁地打个趔趄。他应该会摆出一副明显厌烦的表情，仿佛要让你听到他的咂舌声，然后迅速避开障碍物,若无其事地继续急匆匆地前行吧。

停下脚步者会变成扰乱人潮的异物。

在新宿街头,人们看似融合在了一起,以一个毫无个性的集体为单位流动着。然而有一天,我陷入了烦恼之中,独自一人呆立在那里。所谓"社会"究竟为何物?"长大成人"又意味着什么?

对于尚未踏入社会的人来说,"社会"就像是一口巨大的锅,在墙的另一边咕嘟咕嘟地煮着。而对于这口未曾见过的大锅,尽管我们可以透过升腾的蒸汽和轰隆的声响来推测一二,但它绝不会将其全貌展现在我们面前。

我听到有人在墙那边发出安抚的声音:"这不是什么需要让你如此烦恼的事情哟。你来到这里就会发现,其实没什么大不了的。"

我在内心深处思考着:或许是这么回事吧,可是……

还有别的人在墙那边焦急地叫喊:

"你怎么这么天真!大家都是这么活过来的!"

听到这样的声音,有些人马上就能去到另一边。可是,如果你突然回首身后,也会看到去不了的人们又排起了长队。

如今,不能融入社会的年轻人、不去融入社会的年轻人确实在增多。这些年轻人被称为飞特族[2]、不登校[3]、茧

---

[1] 一家日本的大型高端百货公司连锁店。
[2] 飞特族来源英文 freeter,指以正式职工之外的身份,靠打工、兼职等维持生计的人。
[3] 不登校是日本特有的一个概念。文部科学省对不登校的定义是:在没有疾病、经济原因等特殊情况下,一年缺席天数达到或超过30天。

居族等，被视作"问题"。有时，甚至有人说这属于"异常"现象。他们在被视为问题的同时，也被当作社会中的异类，遭受着众人不理解的目光。

据说东京都内某所高中的毕业生中约有一半为飞特族。该校对这个情况抱有危机感，于是组织了指导活动以防止学生成为飞特族。

其校长曾公开表示："我们希望成为一所在消灭飞特族方面知名的学校。"

2000年3月29日，《朝日新闻》晚报报道了"日本劳动研究机构（JIL）"整理的实况调查中期报告。在这份报告里，飞特族被分为三种类型："延缓型"[①]"追求梦想型""不得已型"。其中，尤其是"延缓型"的年轻人多表示"找不到自己想做的事情""处于焦虑状态"。

报道的最后这样写道：

"就是否对飞特族的生活感到'有界限'或'想逃离'这一问题，有回答称'一旦过了25岁就会被要求有社会工作经验'，这一点尤为引人注目。"

截至1997年，全国飞特族人数已多达约151万人。1982年时约为这一数字的三分之一。由此可见，其上升势头相当迅猛。

瑞可利调查公司（Recruit Research）的一项调查显示：在大学生中，31.5%认为"毕业后不用马上就业"，

[①] 延缓型，即moratorium型，指年龄已经步入成人的年龄，但精神尚未自我形成，没有被成年人社会同化的"延缓成为社会人"这一类型，这类年轻人以学习、研修为由，暂时延期承担社会责任和义务。

50.9%认为"就业是理所当然的",剩下的17.6%认为"不好说"。2000年3月大学毕业生的就业率为55.8%(据文部省调查),创历史新低。按理说,这绝不仅仅是因为经济不景气。

接着,我们来看看不登校的情况。

文部省(现在的文部科学省①)的一项调查显示,1999年度②请假不去学校30天以上的中小学生人数超过13万人(其中约八成为初中生),刷新了历史最高值。这一数字几乎是20世纪90年代初的两倍。此外,高中辍学人数每年保持在10万人左右,其中一半以上在高中一年级时辍学。

这种情况的余波似乎也影响到了那些顺利从高中毕业的人身上。最近,成为大学生之后开始拒绝上学的人也有所增加。而且,从一流大学进入大企业,被认为突破了艰难就业战线的人,在进入公司的第二年左右就突然辞职的事例似乎也很多。

目前(即2000年),茧居族的总人数据说多达50万甚至上百万人。

看到这些调查数字,我深切地感受到,对当代年轻人而言,走向社会已经成为人生的一大课题,如果处理不当,他们将无法跨越。我们也可以说,与人口总数相比,被具

---

① 文部科学省是日本中央政府行政机关之一,负责统筹日本国内的教育、科学技术、学术、文化和体育等事务。2001年1月6日起,其由原文部省及科学技术厅合并而成。
② 年度与自然年是两种不同的概念。这里的年度主要是指政府机构和企业等使用的"会计年度"。日本的会计年度是每年的4月1日至下一年的3月31日。

体分类为飞特族、不登校等的总人数是个小数目。然而，如果把后备军也算进去，情况又会怎样呢？即使是那些看似走着寻常路线、顺理成章地步入社会的人，或许内心深处也充满着错综复杂的矛盾与不安吧。

在这被视作理所当然的社会潮流的正中央，年轻人被卷入人潮漩涡当中，他们会突然停下脚步，有时还会呆立着不动。

我也是一个对踏入社会感到恐惧和害怕的21岁年轻人。而且，我高中一年级时辍学，一度从学校这个框架中逃了出来，属于应该会被我们父母那一代的许多人说成"软弱青年"的一员。同时，我还想着，尽管自己现在还是一名大学生，但再过一年，必须要作为社会的一员融入墙那边的大锅里。

我不知道其他年轻人在这之前处于怎样的环境中，带着怎样的思考成长起来的。但是，作为同一代人，我觉得我们还是可以产生共鸣的。

例如，在我结束青春期成为一名大学生时，我开始听到有关因受欺凌而自杀的报道，以及大量的少年犯罪案件。得知这些事的时候，我是否感到惊讶？想来，我当时的内心状况并不能简单地用"惊讶"来形容。不仅如此，我内心深处甚至萌生出一种达观的心态，认为"或许那样的事也是有可能发生的"。我觉得这其中存在一种共鸣，即我自己也曾在同辈年轻人所在的那个共同的世界里生活过。

我高一辍学，因此，在学校度过青春期的时光要算到初中为止。尽管如此，我还是知道那是个什么样的世界。

我曾旁观正在受欺凌的同学，甚至参与其中，还曾感觉自己被当成攻击的目标。我觉得这并不是谁的错。只是欺凌者占多数，被欺凌者占少数。仅此而已。

　　在这种情况下，我一直害怕暴露自己。我尽量让自己在班里不显眼，但同时又感到一种强烈的欲望，渴望展现自己，希望别人听自己说话。

　　然而，尽管在这种夹缝中饱受煎熬，但我从未感到怀疑。我想这一定是正常的。就像是在游泳池里要溺水了一样，我拼命地让自己的手脚乱动起来，却没有看到在旁边泳道游泳的人同样被卷入青春期的漩涡中拼命挣扎的样子。因此，我觉得自己说了很多无心之言，也同样被说过多次。我无暇思考这会给对方带来怎样的后果。为了过这样的日常生活而去学校是件痛苦的事，但直到初中为止，我从来没有考虑过不去上学这一选项。

　　然而，当我感觉到原本以为上了高中就会改变的日常生活并不会有任何变化时，我放弃了高中的学业。我觉得自己无法再这样继续下去了。

　　那时，在我看来，世界开始变成了灰色。我感觉路上的行人、车辆、建筑似乎都失去了真实感。我的视线边缘变得越来越暗，不想看的东西绝对不会映入眼帘。我想这大概是自己经常低着头的缘故吧。即便是在天空湛蓝、万里无云的日子里，我的眼里也依然黯淡无光。

　　高中辍学——对我来说，就是从大家都应该会去往的世界中脱离出来。

　　我有时会想，自己之所以没有对那些令人悲痛的事件自然而然地涌起惊讶之情，是因为我曾经隶属于那个世界，哪怕只是暂时的。尽管在过去的四五年里，教育现场发生了相当大的变化，但我还是觉得那些令人厌恶的事件一定和自己曾经身处的世界存在着关联。

我从高中脱离出来，而同龄人几乎都留了下来。至于这之间的差异有多大，我不得而知。后来，我就这么懵懵懂懂地考入了早稻田大学第二文学院，成为一名大学生。然而，我甚至不用看那些关于欺凌、不登校、飞特族、茧居族的调查结果就知道，其他年轻人确实也曾以与我不同的方式拼命地在青春期里挣扎求生。

然后接下来，我必须完成起飞奔赴社会的任务。

我不知道自己为什么会如此不安，为什么社会对自己来说会成为如此巨大的障碍堵在面前？换言之，可以说那是对社会产生的一种极其强烈的违和感。然而，这种违和感只存在于我一个人身上吗？

也许正是因为这种疑惑在我心中一点点地滋长，我才想就"对走向社会所感到的不安"这一问题，尝试咨询一位已经确定工作的前辈。

作为早稻田大学法学院应届毕业生，这位前辈获得了一家大型保险公司的录用通知。在高中辍学的我看来，出身重点高中的他似乎是毫不犹豫地按照"高中→大学→就业"的线性轨迹一路前行。我想，对于"走向社会"这个问题，他或许会有自己的答案。

然而，当我问他找工作进展如何时，他的回复中带着点想开了的口吻。

"我感觉找工作的日子就这样结束了，直到最后也不知道自己想做什么样的工作。当然，我也没想过会得出答案。自己本来也没有对从事特定的工作抱有什么希望，就是想着反正暂且必须找份工作。所以对我来说，找工作本身是最重要的目的。嗯，我想不论谁都是这样吧。毕竟，还是得不断挣钱啊。"

他这样谈论着找工作的事，让我感到很意外。对于自己的未来，对于走向社会，我本以为他可以用更加积极乐观的语气来谈论。

"我认为在一定程度上工作还是挺开心的，因为我不讨厌工作和学习。如果不这么想的话，也没法坚持下去，对吧？因为在日本社会，积极、诚实被说成是一种非常好的美德嘛，所以，还是必须要让自己接受那样的价值观才行啊。渐渐地被这些影响也是没办法的事吧。因为人是社会性的动物，比起去做街头无差别杀人狂魔那类的事，还是前者更好，对吧？这就是所谓的长大成人吧。尽管说实在的，我并不想长大，但也不想做太过孩子气的事。"

"暂且""在一定程度上""不讨厌""没办法"，他接二连三地说出的这些词让我觉得胸口有一种压迫感。我不明白为什么他说得如此达观。

他是土生土长的东京人，而且，也承认自己走的是所谓的"精英路线"。

"从小学四年级开始，我就为了小升初考试去上补习班。当小学里的其他人都在玩乐时，只有我一个人坐公交车去补习班……"

在那样的日子里，他被灌输了一种思想："读书就会有前途"。他说自己一直认为，要想获得社会地位，首先需要学历。而想要找到好工作，就必须考上好大学。他的确信了这些，并付诸实践。

"因为那时候学习还算过得去吧。"他回忆起过去说道。

"我小学的时候比较喜欢理科，所以那时一直很想成为医生，或者是技术人员。读了爱迪生等人的传记后我挺感动的，而且说白了，我当时在理科方面还挺擅长的。后来，之所以改读文科，是因为初二、初三的时候开始看报纸、读论文什么的，对文学的兴趣逐渐浓厚起来。于是，我就觉得还是文科好。毕竟还有所谓的'理科书呆子'存在嘛。看到这样的情况，事实上，我当时有瞧不起理科的想法。高中的时候，我甚至还想过要当报社记者呢。

"我初高中上的是东京都内有名的私立学校。那里以学习为最高目的，一般会有 50 人左右考上东大①。在那所学校里，大家都说东大很了不起。其实，我曾经也以东大的文学院为目标（笑）。从初中开始，我就喜欢上了俄罗斯文学。那会儿我经常读托尔斯泰、陀思妥耶夫斯基等人的作品。不过，我对社会正义之类的东西也很感兴趣，对于读法学院，也不是绝对不愿意，所以觉得也不错。最终，我报考了东大的文科三类和早庆②的法学院。回想起来，高中快结束时，我还想成为一名学者呢。但是，那个时候我处于摇摆的状态，不确定自己将来想做什么。我对表象文

---

① 即东京大学。
② 即早稻田大学和庆应义塾大学（或称庆应大学），日本的私立大学双雄。

化之类的东西也很感兴趣,想对影像文化进行学术性研究。还有,我当时真的很想成为一名动画导演。只是,在这个社会里说自己喜欢动漫是需要勇气的,就算说出来也不会有什么好事,所以在高中时我隐瞒了这一点。而在大学里我毅然抛开这些想法,开始果断地告诉周围的人,不过,进了公司我大概就不会说了吧。"

聊着聊着,我意识到自己一直以来都误解了他。

在大学里的他,平时给我的印象是个不可捉摸的人。而这种印象不知不觉间发生了改变,即他考入早稻田法学院,工作也定在了一家大公司,是一个从未经历过挫折的优等生。这是因为,当周围的同学们都在谈论对未来的不安或脱离现实的话题时,只有他无论是对找工作的事还是上课的事,总是很轻松地一笑而过,不会让人有丝毫严肃的感觉。当其他的朋友或前辈谈及未来或求职时,哪怕是想轻描淡写地说"明天又要面试了,真麻烦",也还是会闪现一丝情绪的波动或瞬间的阴影。但是,从他的身上,可以说我完全看不到他的真实想法。

然而,其实他也曾有过诸多不安和内心纠葛。我不禁愕然,这么显而易见的事自己居然都没有注意到。就像我过去所做的一样,他也一直在反复地尝试消除自我,再创造一个新的自我。

"或许我的人生的确看起来不错,但也经历过不少挫折。不如说,我倒觉得自己总是处于愿望无法得以实现的状态,所以我尽量把人生想作玩笑。虽然我本来性格就认真,怎么也开不了玩笑,但就算遇到不好的事,也就想着把它当作噱头应付过去吧。比如,用幽默蒙混过去,或者一笑了之。

"我并不认为进入一家好公司是件幸福的事。学了这么多年,考上大学,然后进入一流企业,我完全不觉得这样有什么好的,反而认为或许自己原本还可以有更快乐的人生吧。"

从上补习班到进入重点高中,从重点高中再到"好的大学"。

拿到特快"精英号"单程票的他终于要到达"大企业"这一站了。从车窗可以看到各式各样的风景——有时非常迷人——然后便飞驰而过。

换句话说,那些"迷人的风景"无疑就像禁果一样。如果伸手摘了一个看起来很甜的果实吃下去的话,就再也回不到原来的地方了。

……他忍住了。

然后,在终于接近了"就业"这一自己所坚信的目标的当下,有时会突然清醒过来,想着"或许自己原本还可以有更快乐的人生吧"。

于是,他说道:

"不过,我无法想象另一种活法下的自己。"

我从中感受到他似乎想表达"不想自己后悔"的心情。

可是……我又想了想。

当他讲述自己的经历时,我从他身上感受到的只是对走向社会的一种达观。"A 其实是最好的。不过,换作 B 我也不是不想干。"他这样自我说服的结果意味着走向社会,还是长大成人？我无论如何都没办法让自己这么认为。

而且，当想到自己对社会的那种极其强烈的违和感时，我突然开始在意起身边其他年轻人的存在。我很想知道，切身感受着与自己同一时代和同一世界的他们过去经历了怎样的童年和青春期，今后又将如何走向社会。他们也会对我说些达观的话吗？还是别的什么？

此刻，我正站在社会这片汪洋大海的边缘，还没有下定决心跳入其中。于是，在这之前，我想稍微看看其他人的人生。去观察他们走过的路，确认一下那里有过什么样的障碍，他们又有过怎样的想法。

我下定决心，将对其他年轻人的人生观察作为自己踏上社会之前的最后之旅。

第一章　希望自己被劝服

——暮气沉沉的大学生，模糊不清的未来

时间大概是晚上9点刚过吧。

在2月寒冷的天空下，我和前岛康史走在新宿歌舞伎町凌乱猥杂的街道上。前岛在大学里一度留级，还不确定他能否在今年3月毕业。他那不长不短的轻盈秀发在干燥的空气中摇曳着。

在新宿站东口的咖啡店里，我听完了他的故事，然后问他要不要一起吃点什么东西，于是便去吃了拉面。这就是我们在吃完拉面回去的路上。嘬入热腾腾的拉面之后，凉飕飕的空气也让人感觉舒服起来，歌舞伎町绚丽的霓虹灯不停地在眼前闪烁，不知为何让我有种怀旧的感觉。

我们两人一边避开从违章停放的汽车之间缓慢驶过的出租车，一边并排走着。一路上，强行拉客的人一个接一个地蹭过来。其中也有那种纠缠不清的，让我怀疑他会不会像幽灵一样一直跟着我们。我和他时而向对方摆手，时而无视他们，继续朝车站方向走去。

"我平时走在路上都不会遇到任何人，反倒在这种地方，还会有人随便来搭话啊。"

我半开玩笑地这样说道。因为走在大学校园里时，我几乎碰不到熟人。

"你是说平时没人跟你搭话？"

被他装糊涂似的这么一反问，我不禁哈哈大笑起来。他也笑了。

"是啊，平时都没人跟我搭话！"

我又笑了，脚下有点踉跄。

他根本就没有在找工作。话虽如此，他也并没有决定要成为飞特族，大学毕业后的去向仍然模糊不清。那么接下来，你要怎么做？想怎么做？那天，我向他提了这个问题。但是，他解释说，自己不找工作的原因是"嫌麻烦"。而对于今后的事情，他笑着说："说不定我会变成流浪汉什么的。"

的确，就算即将大学毕业，也没有必要一定要成为"什么"。尽管如此，对于他那种仿佛在说他人之事的暮气沉沉的状态，我还是感到了一种难以言喻的不安。我很想了解这样的他平时会处于一种怎样的心境。

在我们约见的那家咖啡店里，他对我说了下面这样一段话。

"最近，因为有点事，我会在打工中途溜出来，走在白天的街道上。那个时候不知为什么，我总感觉到一种悲伤的美。我走的街道位于根津一带。明明就是一片平淡无奇的住宅区，但却让我似乎有种与自己隔绝的感觉……

"那里有小学，有中学，有老人在走路，有从高中放学回家的学生边走边抽烟。然后,还有小学生边玩剪刀石头布边走着。完全没有令人兴奋的东西。但是,我从中感受到了一种哀伤之美。至于为什么会有这种感觉,我自己还没给出任何评价……"

我试着想象他所描述的那片风景。

我想,当时的天空一定被夕阳染红了吧。

1995年1月17日凌晨5时46分,兵库县南部发生阪神淡路大地震。地震烈度为6级,部分地区为7级[1]。

当时,在甲府[2]上高中的前岛康史正在老家客厅的被炉里用文字处理机为他所在的社团"文学社"的社刊撰写文章。不过,那会儿天已经快亮了,他非常困,于是就那样躺在被炉里睡着了。他根本不知道发生了剧烈地震,造成6 432人死亡、超过25万栋住宅被全毁或半毁。

那天,前岛清晨才入睡,所以白天也都一直在睡觉。结果,当天他没去上学,醒来时已是太阳开始下山的傍晚了。好像是他弟弟打开了电视,屏幕上不停地在报道这场悲惨灾难的情况。然而,前岛当时刚睡醒,没能理解到底发生了什么事。家家户户的房屋都在熊熊燃烧,仿佛遭遇了空袭。钢筋混凝土的建筑就像用立体模型建造的废墟一

---

[1] 日本使用的日本气象厅(JMA)地震烈度等级分为0到7级,用于对地震引起的局部地面震动的强度进行分类。阪神淡路大地震中首次测量到最强烈度7,此后烈度5和烈度6被重新定义为5弱、5强、6弱和6强四个等级。
[2] 甲府市是日本山梨县的首府。

样倾斜,高速公路也惨然坍塌。

随着头脑逐渐清醒过来,他终于弄明白是神户发生了"地震",造成巨大损失。这时,他突然想起一位正在神户大学上学的高中前辈。

前岛就读的高中从他入学前一年开始新设了一门名为"英文专业"的特别升学课程。文学社有几个人曾经就读这个课程,去到神户的那位前辈就是其中之一。他们彼此之间是那种在学校里碰到会互相交谈几句的关系。在文学社发行的同人杂志中,前岛最喜欢那位前辈写的小说。因为前辈的小说像星新一的微型小说,故事有趣且辛辣讽刺。

那位前辈还加入了田径社,偶尔能从校舍看到他在操场上奔跑的身影。前岛还曾当着他的面调侃:"你跑步的样子真帅!"

——这地震发生在神户……我记得他应该就在神户。

那天,前岛一直盯着NHK播放的死者名单,为了确认上面没有前辈的名字。虽然他觉得前辈应该没有死,但也有可能出现"意外"。然而,在不停滚动着的用片假名标记的名字当中,要确认"没有"一个人的名字,并不是一件容易的事情。每当屏幕上出现前辈的年龄数字"19"时,前岛都会猛然浑身哆嗦起来。

就这样,在盯着电视看了几个小时之后,显像管的光线渐渐将他包围起来。不知不觉间,他就像中了魔法一样,在电视机前动弹不得。除了去餐桌前吃了一顿晚饭之外,他一直待在起居室的被炉里看着电视。尽管有的时间段家人也会一起待在起居室,但他们之间几乎不曾交谈。然后,到了深夜，家人都走了，只剩下他一个人在起居室。

即使日期更替来到了第二天早上，他依然待在起居室的被炉里一直盯着屏幕。从前一天傍晚开始，他就一直处于半恍惚的状态，没完没了地盯着无休止滚动的死者名单。

很多老人去世了，这让他放心不下。他回想起那天是工作日，但自己没去上学，而是睡了一整天。尽管自从升上高三，他对逃学应该已经不会感到内疚了，但不知为何，他的内心却涌起了一股莫名的后悔之情。

他的脑子里充满了无缘无故的愤怒。只因地震发生的那个早晨，在不知事实的情况下自己睡着了而生气，只因没去上学而生气。他明白即使实时知晓地震的事，而且即使去了学校，自己也什么都做不了。然而，唯有令人焦躁的愤怒在咕嘟咕嘟地沸腾着，却找不到消除它的方法。

"就在这些间歇之间，我在思考：自己到底在做什么？虽然以前我从未想过这个问题。"

他告诉了我地震那天的事。

"啊，我当时真是暮气沉沉啊。"

那是他第一次对自己有这种感觉。

在万籁俱寂的深夜，我时常会被一种仿佛漂浮在深海中的静寂感侵袭。远处传来的汽车行驶声和救护车的警笛声会融入空气中，散发出慵懒的气息，仿佛卷帘门猛地被关上似的声响也会"哐当"一下突然震撼夜空。然后，在这些声音消失的瞬间，静寂便会袭来。在这样的时刻，我感到安心，就好像自己从包括生存在内的"必须继续下去的事"和"必须要做的事"当中解放了出来似的。我陷入错觉之中，认为一直缠着自己的压力仿佛是与自己毫无关系的遥远的事情。

我想，或许他一边看着闪着蓝白光的电视屏幕，一边感受到了这般寂静吧。

前岛于 1977 年出生于山梨县甲府市。

他是一个对地图着迷的少年。从小学开始，他就非常喜欢地图，将教科书里的地图册视作宝贝。上社会课的时候，他翻看地图册，而把学习抛在一边。薄薄的纸上印着许多国家和数不清的国境。沙漠、海洋、平原，还有城市，都被赋予了各种各样的名字。海拔高度用不同的颜色表示，棕色代表山脉，绿色代表平原。他喜欢一边看着这些图画，一边想象地形和街景。

即使回到家，地图册也常常在他手中。家里还有一份单独的甲府市地图，也同样让他非常着迷。如果喜欢的地方就在附近的话，他一定会走着去看看。要是感兴趣的地方徒步无法到达的话，他有时会说"听说这里有温泉""这里好像可以采收荞麦"，甚至还会问父亲"这里会是什么样呢？"。于是，父亲便会开车带他去那里。

当升入高中正式开始上地理课时，地理自然而然地成了他的强项。当时，他自己花 1 万日元左右购买了一本厚厚的地图集，书名是《世界地图册》。

前岛的第一次独自"旅行"是在他上小学的时候。

小学二年级时，在四面环山的甲府市家里，前岛分到了一间朝西的房间。望向窗外，他总能看到高耸绵延的南阿尔卑斯山。摊开地图，山的另一边标注着"长野县"这一县名①。望着如高墙般耸立的南阿尔卑斯山，他总是想：

"我真想去到那座山的另一边啊。"

于是有一天，他瞒着父母，一个人坐上了电车②。

上了大学来到东京之后，前岛对地图的喜爱丝毫没有改变。如果说有一点什么变化的话，那就是他开始可以自由地去往地图上标记的地方了。过去一直眺望着地图上的众多国境、县境、山川，沉浸在空想中的少年，成了一个超级旅行爱好者。有时，他甚至抛下大学的课程出去旅行。就这样，他走遍了整个日本。

在这个过程中，有一个他无论如何都非常想去的地方。大二的夏天，机会到来了。当时，他从旅行社购买了一张在宣传册上找到的并不便宜的船票。目的地是萨哈林州③，这是他在初中时从地图上看到之后便迷上了的名字。

"Sakhalin（萨哈林州）"及其首府"Yuzhno-Sakhalinsk（南萨哈林斯克）"，这些地名的发音把他迷住了。他至今仍然记得当初问家人"桦太④是个什么样的地方"时，父亲回答说："嗯，那里也许还残留了很多日本的东西吧。"

"既然如此，不如干脆不坐飞机，直接尝试走陆路。"

---

① 日本的"县"相当于我国的"省"。
② 日本的"电车"可以代指所有依靠电力驱动的轨道交通工具，包括新干线、地铁之类。
③ 萨哈林州现由俄罗斯管辖，包括库页岛和千岛群岛。库页岛在俄语中被称为萨哈林岛，萨哈林州的名字即来自这个岛。
④ 桦太（岛）是日本人对库页岛的称呼。日俄战争之后，经由《朴茨茅斯和约》，北纬50度以南的库页岛区域一度划归日本管辖，日本政府曾在此地建立桦太厅。

他坐火车经过多次换乘到达稚内①，然后搭上了船。船上坐了约 100 人。日本人很多，他不时地能看到其中有一些从札幌②去稚内的路上见过的面孔。

和他们聊着聊着，便抵达了这个昔日曾是日本领土的岛屿。然而，他不禁感觉这里的风景与日本大不相同。

从船上下来时，外面已是一片漆黑。抵达的时候太阳还在，但不知为何，被困在船上傻等了 3 个小时。他当时心想，俄罗斯就是这样的国家啊……

虽然在港口也看到了几位军人，但尤其让他感到惊讶的是出入境管理室的破陋不堪。作为管理国境的地方，这个木结构建筑实在显得太不靠谱了。他看着这栋建筑，不由得心想"这种是可以被瞬间炸毁的啊"。

在萨哈林，铁路是运输的命脉。道路崎岖不平，几乎没有经过铺设，地图上标注的桥梁也因河水泛滥而损坏，无论如何都不得不依赖铁路。

他把行李寄放在萨哈林的宾馆之后，只带着一个背包就踏上了铁道之旅。有时，一坐就是一整天。在欧式风格火车的摇晃下，他从车窗里探出头来，脑海中浮现出电视节目《透过世界的车窗》③当中的一幕。

开往南萨哈林斯克的列车是一辆型号为"KIHA58"的内燃机车④。后来回到日本的他成为一名铁道迷，坐遍了

---

① 稚内市位于北海道，被认为是日本实际支配领土的最北端。
② 札幌市是北海道政府（道厅）的所在地，也是北海道的政治、经济、产业中心。
③ 《透过世界的车窗》是 1987 年开始在日本朝日电视台播放的一档纪行节目。
④ 该型号列车于 1961 年由日本国铁开发制造。萨哈林州的"KIHA58"是东日本旅客铁道公司（JR 东日本）转让给俄国的。

JR[①]、旧国铁、第三部门[②]的所有路线，很大程度上也是被这辆内燃机车所吸引的缘故。

身材高大的俄罗斯人局促地坐在专为日本人设计的座位上，一边喝着伏特加，一边用前岛听不懂的语言交谈着。置身于这样的氛围之中，他觉得非常有意思。坐在陈旧的内燃机车的厢式座位上，一边摇晃，一边将柴油车特有的废油香味吸入胸腔。在咕咚咕咚摇晃着的列车上，异国人的说话声，以及列车本身散发出的声响和香气让他感觉非常舒适，整个五感都活跃了起来。

"回到日本之后，我一个劲儿地坐火车。在火车上发呆，什么都不做，感觉安详愉快。旅行的时候我很开心，很有活力，早上也能起得很早。我喜欢吃和平时不一样的东西，闻和平时不一样的气味，听和平时不一样的声音。萨哈林有萨哈林的气味，即便是东京都和神奈川县[③]也大不相同。想必波罗的海三国也有着它们独特的味道吧。"

他笑着说，自己真想"闻一闻"那些异国的气味。

"如果能把'梦想'和'希望'这样的词用在如此微不足道的事情上，那么我想在世界上每个国家待上一个月或更长时间。"

不管是在九州还是北海道，甚至是国外，他都是步履轻快地在那些土地上自由自在地旅行。不过，一旦回到东京，他马上就变成了一个暮气沉沉的大学生。

---

① JR 是 Japan Railways 的缩写，即日本铁路公司。其前身为日本国有铁路（国铁）。
② 第三部门铁道在日本是指由公营资本与民间资本合资运营管理的铁道。
③ 神奈川县是东京都市圈的一部分，北面与东京都相接。

他乘坐夜行列车一回到东京那6张榻榻米①大小的带阁楼房间，就常常会倒在一直铺在那儿不管的被子里，直到夜幕降临才醒来。每当打开门，看到房间里满地丢撒着的书籍、大学里用的资料和脱下扔在那里不管的衣服，他就会觉得"又回到了这个空气不流通的地方"。

就这样瘫倒在房间里之后，最糟糕的时候他甚至一个星期都无所事事地躺在阁楼上。他打开电视，一直开着，看上一整天。这种时候，他看的不是节目内容，而是"电视"本身。

一旦沉浸在这样的生活节奏中，就连澡都不怎么洗了，所以他头发蓬乱，胡子也懒得刮，任其生长。他会穿着内衣一直在那里发呆，有时甚至不吃饭。

他认为，高中时没有过这样的事。那时候，即使熬夜，也在某种程度上是有明确理由的。比如，就算是看电视，也有确切的理由。因为有想看的节目，所以熬夜。上初中的时候，他为了写东西经常熬夜。契机是读了陀思妥耶夫斯基的《赌徒》，对文学产生了兴趣。那个沉迷于轮盘赌的青年身败名裂的故事让他感动不已："原来用文字就能描绘出人生的种种啊。"而且，因为喜欢上了文学，所以他有了考大学这一目标。虽然他没那么努力，但很喜欢学习，把英语语法像拼图一样组合起来对他来说是件开心的事。然而，现在可以说，他完全没有了那种感觉。

"考上大学来到东京之后，我感觉自己完全跌入了谷

---

① 1张榻榻米约1.62平方米，6张约10平方米。

底。开始毫无意义地熬夜，什么都不做，躺在那里盯着天花板。就连看无聊的电视或书籍，精力也不集中，只是在发呆而已。然后，会突然觉得自己堕落了很多。我觉得自己似乎会变成一个什么都创造不出来的人。"

然而，无论是旅行时神采奕奕的他，还是在东京时无精打采的他，都是前岛的真实面貌。

他曾在通产省（现经济产业省）[①]的外围团体[②]打工。

尽管家里给的生活费和奖学金加起来，每月大约有14万日元，但要是频繁出去旅行的话，有时也会不够用。就在这样的时候，一位熟人想着"自己不去的日子，也许前岛能来做事"，于是给他介绍了这份兼职。他在那里主要做些杂活，比如寄东西、整理票据等等。虽然他认真地工作着，但这种认真绝对不是积极的，而是消极的。对于被安排的工作，他会好好地去做，但绝不会主动找事做。

不过，据他介绍，自己并不是故意采取这种工作态度的，而是因为上司不喜欢兼职人员擅自找自己指示以外的事情做。因此，上司不在的时候，自己根本没事做，作为打工的一方，实际上非常困扰。话虽如此，上司这种不让他主动工作的做法，与前岛的性格十分吻合，这也是事实。在没有下一项工作的时候，他便会慢慢地花上1个小时来

[①] 通产省为"通商产业省"的简称，是日本旧中央省厅之一，承担着宏观经济管理职能，负责制定产业政策并从事行业管理，是对产业界拥有很大影响的综合性政府部门。2001年1月6日中央省厅再编后，通商产业省改组为经济产业省。
[②] 外围团体在日本指虽然在政府机关的组织之外，但通过接受政府机关的出资、补助金等进行补充业务的团体。

完成只需5分钟就能做完的工作。

"工作日早上起床后，我会先冲澡，然后去上班，工作结束后就玩电脑或者处理事情。休息的日子就睡觉。想起那些闲着没事的时间，也是不断重复睡大觉。我觉得自己真是萎靡不振啊。但是，如果能一直这样下去的话，我还是想要那样生活的。如果说我想要什么样的生活，那就是即便无所事事也不会有任何问题，偶尔心血来潮就去旅行的那种生活。我希望能维持平时那种散漫的生活节奏就好了。嗯，就是没有那么多张力的生活。生活总是充满张力的话也很辛苦啊。不过，我又不是什么贵族之类的，所以不可能那样生活对吧。"

当我问起他平时的生活时，他这样说道。旅行中早起且有行动力的他竟然希望过没有张力的生活，这一点让我非常吃惊。

前岛是一名大学五年级的学生，毕业与否暂且不论，也差不多到了该考虑"就业"的时候。但是，他说即使毕业了也不打算就业，而是暂时当飞特族。

当我坚持追问他不就业的原因时，他一再重复"嫌麻烦"。与其说是就业如何如何，不如说是求职本身很麻烦。

"而且，就算我找到了工作，似乎也不会有什么好事。"

不过，我认为无论对谁来说，求职都是件麻烦的事情。即使不是自己想从事的职业，也有很多人抱着"姑且一试"的想法，索要五十甚至上百份资料。

然而，这一切他都没有去做。他甚至从未参加过大学举办的就业研讨会。而且，如果能毕业的话，他打算成为飞特族。这是把眼前的麻烦看得比就业获得稳定收入更重要的结果。

虽然倒也不是说就此下定决心"不就业",但他同时抱有一种不打算求职的、令人难以捉摸的心情。就这样,时间一天天地流逝。

他偶尔回到山梨县老家时,母亲一定会说这样的话:

"听说某某君①在 Châteraisé②的工厂里拼命工作呢。"

母亲看不下去他这个样子,常把在冰淇淋工厂工作的他同学的名字挂在嘴边。

"相比之下,你啊……"

前岛已经听腻了同样的话,心不在焉地给出"嗯,嗯"或"哦,是嘛"等不得要领的回答。母亲的担忧在他面前总是徒劳。而且,他作为结论说出的话一成不变:

"可是,我做不了那种工作啊。"

在母亲看来,自己的规劝就是白费功夫,一定会感到非常沮丧吧。

但这是他的真心话。即使看到周围的熟人都去工作了,他也没有什么特别的感觉。对于看起来像是敢于挑战如此麻烦事的他们,他只能深深地钦佩道:"真了不起啊。"去固定的公司、拿固定的工资、做固定的工作,这些一个个都麻烦得不得了。而且,他不由自主地觉得:即使薪资和

---

① "君"是对日语"くん"的音译。"君"接在同辈或晚辈的姓名后,多用于男性,表示轻微的敬意。
② Châteraisé 音译名为"莎得徕兹",是 1954 年在日本山梨县甲府市创立的知名蛋糕连锁店品牌,产品涵盖西式糕点、日式点心和冰淇淋等多个系列。

工作内容较为匹配，自己也无法因此而感到放松。

"跟我熟识的那些已经就职了的人都不会说现在的工作好，而是说累人、讨厌、艰辛这类话。尽管应该也有说工作充实的吧，但他们的说法是：要说工作辛苦也的确很辛苦。看着这样的情况，我想，如他们所言，那真是辛苦啊。于是，我便不想去做这么苦的事（笑）。"

他曾一度考虑过如果自己要就业，会选择什么样的公司。"工作中能够独立完成的部分所占比重大，主要责任在自己这边，只要把工作做完就可以休息……"他觉得如果是这样的公司，倒是可以考虑一下。然而，他并没有尝试专门去找这样的企业。

"即使是飞特族，如果只靠打零工过活的话，工作量和固定职业者也不会有太大的差别。不过，要紧的是，尽量不要担什么责任比较好吧。虽然这种想法可能会惹恼中老年人。

"再说，以我现在的状态，就算找到工作，也太懒了吧。在有同事和上司在的情况下，我觉得自己是干不下去的。如果我是上司的话，会开掉这个人（笑）。要说是觉得被解雇不好才不去工作的，我想那倒也不是吧。况且，我一开始就不会去那种会被炒鱿鱼的地方。话又说回来，我也不是自己想当飞特族的。

"要是问我到底想做什么，其实我自己也没找到答案。也许这就是我的天性，不知为何，总是不抱什么希望……我觉得飞特族应该最适合这样的自己吧。在做飞特族的过程中，可能也会遇到一些为难的事，但之所以会觉得为难，是因为有什么想要守护的东西吧。所以,如果有让我感到为难的事,也许我会毫不犹豫地去找一份工作。不过,我现在并没有那么为难。"

如果说他对当飞特族并未抱有不安,那是骗人的。但是对他来说,这种不安并不是因为飞特族的未来有着模糊的不确定性,而是源自一种想法:"如果对飞特族的工作都开始觉得懈怠的话,自己会变成什么样呢?"

他笑着说,再往下一步的话,自己可能会变成流浪汉,甚至沉溺于酒精或药物。有一天,他走在新宿街头,看到许多年轻的流浪汉,因此受到了冲击。这个冲击极富现实性。

"不过啊,"他接着说道,"尽管我并不认为变成那样无所谓,但我也不积极地认为非流浪汉、非废人的状态便是好的。只是说,我有时候觉得自己可能会变成那样。"

他暮气沉沉的性格的核心似乎就在于"嫌麻烦"。但是,我不认为他仅有"暮气沉沉"的一面。比如,在我眼中,作为社团前辈的前岛是一个充满行动力和责任感的人。我曾因不清楚办理社团事务手续所需的资料而不知所措,他一直耐心地陪着不知如何是好的我。从资料的填写到提交,整个过程中他都没有露出丝毫厌烦的表情。

正因为如此,我不由得认为,他之所以不求职,与其说是嫌麻烦,不如说似乎有着更深层次的原因。就职活动对任何人来说都会是件麻烦事,那个"无法参加"而不是"偏不参加"就职活动的他,不时浮现在我眼前。

最重要的是,他似乎知道,只要自己觉得那是件麻烦事，幸福就不可能到来。

在新宿的咖啡店里聊天时，他突然说出了一句出乎我意料的话。

"其实，我希望被劝服。"

当这句话突然从他口中蹦出时，我一时无法理解"劝服"的含义。

"劝服……是吗？"

我不知道说什么好，于是催促他继续说下去。

"我希望有人能以一种通俗易懂、合乎逻辑的方式，劝我必须认真对待这件事，让我信服。我在等待这样的人出现。希望对方能讲得简单明了，让我在思考一下之后说'嗯'。我想要的就是这种劝服。"

这些话实在是太出人意料了。

"能真正劝服自己的人"真的存在吗？这个问题让我回顾起过往的人生，思考这样的人是否在自己面前出现过。

仔细想想，在我过去的这 21 年里，屡次出现的转机可以说几乎必有契机。迄今为止，从结果来看，我所走过的路都是自己选择的，但每一个岔路口都有某种路标。它有时是与人的相遇，有时是学校里发生的事，或是电视上令人震惊的画面。但是，我似乎从未"期待"过能改变自己人生的人出现。而且，一定正是因为我不抱期待，才会有让自己信服、劝服自己的人忽然出现在身边。然而，他却期待着自己能被劝服。

一个喜欢地图和旅行的少年，在他的人生过程中竟然"希望被劝服"，我不禁叹了口气。对于自己的无力感，他既不否定也不肯定。但是，如果从中渗出的愿望是"希望被劝服"，那么，他也许正拼命地想从自己的无力感中摆脱出来，哪怕只是一种模糊的想法。

"如果能穿西装的话，我也想试试，可是怎么也穿不了啊。我并不讨厌一般的上班族具有竞争性的那部分，反而觉得如果我也能那样，那也不错。因此，我确实抱有希望做出改变的想法，想改变65%左右，但剩下的那35%才更具实力呢（笑）。"

我在思考，要怎么做才能快乐地生活？他非常喜欢铁路，坐火车旅行的时候，心情会变得相当愉快。他所需要的是梦想和希望，也就是让他可以为之活下去的"某种东西"。但是目前，铁路还不能成为他的"某种东西"。铁路和旅行虽然能让他得到"治愈"，但不知为何，他似乎并不认为这些是生活的意义所在。

最近，他开始在意其他人到底是依靠什么来支撑自己活下去的。因此，有时他会向自己最亲密的朋友提出这个问题。这是他为了寻找梦想和希望，为了快乐生活而采取的一个小小的行动。

"大家都是依靠什么支撑着自己活着的呢？我很想了解这些，想问问各种各样的人。比如说，'这个让我觉得很开心''我因为那个而活着'。尽管不能向不太熟的人提这样的问题，但是，有人回答说：'说起来，我也没有这样能支撑自己的某种东西，不知道其他人怎么样。'也有人给出了艺术家似的回答。虽然确实也不是不能理解，但对于只因某个东西让人开心就能成为活下去的理由这种想法，我还没能接受。听着听着，或许我就能找到答案了吧。要是有答案了，我应该能活得更快乐一些吧。而现在，我活着并不开心。"

他笑着说，朋友们往往都有同样的想法。但是，周围的朋友似乎比自己更能把握现实，对自己想做的事和必须要做的事有明确的划分。他自己也觉得，必须在不久的将来做出妥协。因为他有时会想，如果不这么做，自己可能就活不下去了。

那是他进入大学之后的某一天发生的事情。

"那么，对你来说，到底什么才是最重要的？！"

好友来找前岛倾诉烦恼时，他突然提高嗓门喊道。然后，又深入聊了一会儿，好友说道：

"说到底，我就是想和喜欢的人在一起。"

或者，也有人回答说：

"说到底，我还是想把喜欢的事情一直做下去。"

而每次前岛都会再回一句："有恋人不挺好的嘛！如果有能一直做下去的喜欢的事不挺好的嘛！"

旅行、地图、铁路……他应该也有"喜欢的东西"。即便如此，他还是会想：要是有人没有喜欢的人或事，那又该怎么办呢？在这些对话中，他找不到任何答案。

也有人指责他"像个初中生""那和小孩子没什么两样"。这些话总是让他很受伤。然而，受伤之后，他从未发生过什么改变。相反，他接受了。但这并不是他所希望的"接受"，而是对"自己不行"这一指责的接受。

在和他交谈的过程中，不知为何，我感到有些绝望。

是什么让他变成这样的？这个疑问像个巨大的旋涡一样在我的脑海里盘旋。我自以为是地认为，他一定也遇到了什么转机，不可能没有。于是，我不停地向他提出一些笨拙的问题。

"产生这种想法是有什么契机吗？"

但是，他的回答是一贯的。

"契机啊，是啊……"

"你是从什么时候开始这么想的？"

"嗯……我也不知道。"

这样的对话持续了好几次。

每次我都在等待他的下一句话。

接下来是一阵沉默。

咖啡店顾客的交谈声、咖啡杯和托盘的触碰声在店里回荡。

"我感觉很长一段时间以来，突然想到的事情会一直支配着我的大脑，应该也没有什么特别的契机。记得大概是上初中那会儿吧，我会仅以有趣为由，毫无目的地对全年级的学生进行采访，然后制作个人简介之类的东西，问他们是哪里人之类的。不过，不知不觉，自己就变成了这样。我想应该是渐渐地发展成这样的吧？

"当然，和以前相比，我应该也有所改变，但我觉得从根本上来说是不会变的。要是再想开点估计就好了，可我习惯了不那么乐观地思考问题。我觉得一定是自己反常，不是飞起来了，就是远离尘世了。总之，我是过着没有契机的人生吧。

"我觉得一个人啊没什么大不了的。这个想法也是有一天突然出现的。一切都不确定，不确定的人生（笑）。我理解的活着就是处于不死的状态。"

当他这样说着并露出有点不耐烦的笑容时，我终于开始觉得，这个人是真的没有碰上什么契机。我接受了他是自然而然地变成现在这个样子的说法。

但与此同时，我也确实对他的这种自然而然感到畏缩。像他这样的年轻人也会如此自然地变得"暮气沉沉"，我不由得觉得这似乎有些可怕。渗入他内心的东西究竟是什么颜色？如今的我是否也沾染上了一些？我一点都不明白，他自己也不清楚。

"前岛先生，你认为'工作'意味着什么？"

我突然试着问了个如此宽泛的问题，他稍微想了想，然后说：

"我觉得工作本应是出于对生活的热情。但实际上，我只是单纯地为了生存而在工作。如果反正是要工作的话，我更想为激情而工作。"

我和他在新宿见面后不久，一起开车去了栃木县。不知怎的，我想开车出去兜风，于是主动邀请了他。没有目的地，只是想出去转转而已。我想去到远方，在陌生的路上兜兜转转。

我们出发时已是深夜。晚上 11 点左右，我打电话跟他说"一起出去玩吧"，他当时在睡觉。不是"已经"睡了，而是"还"在睡。

到头来，他还是第二次留级了，成为一名大学六年级的学生。一问才知道，他拿不到奖学金了，家里也不再给他寄钱。因为兼职也被他辞掉了，完全没有了收入，所以他搬到了大学附近的一间4张半榻榻米大小的公寓，不带浴室，厕所公用。尽管他笑着说"就算没有收入，日子也还勉强过得去"，但又说近期一定要找到兼职。

"我们去哪儿呢？"

我这么问道。接着，两人商量之后，最终确定了先去栃木县。

我一路驱车向北，街景逐渐发生变化，人造光亮越来越少。

当驶离东京时，我感觉到他的神情在一点点地发生变化。随着建筑物数量的减少，高楼大厦的消失，我觉得他的脸上开始露出柔和的表情，紧张感得以释放。他一直开心地注视着仪表盘里的地图。

过了利根川，天渐渐亮了起来，眼前突然出现一片一望无际的田园。不见人影，也几乎没有建筑物，稻田一望无际。一瞬间，我和他都屏住了呼吸。

"哦，不错不错。"

他这样笑着说道，果然明显和在东京时不一样。我想起他说过，"旅行的时候自己充满活力"。

黎明过后，太阳并没有出现。那天，天空被阴沉沉的白云覆盖。

"要不要去渡良濑川的上游？"

他提出这个建议是在换作他来驾驶汽车，车辆行驶在那片田园地带的时候。

"那附近有个不错的车站,跑的是内燃机车。"

当听到渡良濑川上游时,我想象的是一片河流和山脉交织而成的风景,但直到这时,我才意识到他想去看铁路。从建议去枥木的时候开始,他大概就在考虑这个问题了吧。

我们先顺道去了东武线的无人车站。之后,他稍微缩短了车距,在国道的盘山路上开了一会儿。路标显示我们的车正朝着"足尾""日光"方向行驶。接着,在到达足尾的山村之后,他把车停在了渡良濑溪谷铁道足尾站。

一关掉汽车引擎,周围便是一片沉寂。人声和偶尔驶过的汽车声很清脆。对于住在东京的人来说,这正是一种"宁静"的感觉,是平时绝对感受不到的寂静。

在环视无人值守的木造车站候车室之后,我们走进了站台。

渡良濑溪谷铁道尚未被电气化,没有架起来的电线。仰望天空时,没有任何障碍物。

在闲置的车道上,停放着摘掉了车牌号的客车和内燃机车。站台上一片寂静,仿佛这条线路成为废弃线路之后便被弃之不顾似的。附近有黄莺在鸣叫,还能看到有两只小鸟正往森林方向飞去。

我看到那风景时,发现自己非常安心。山林的气息里混杂着淡淡的机油香,让人感觉心情舒畅。就像他因离开东京而生机勃勃一样,我的内心也变得非常轻松。

在无人的站台上,他蹦蹦跳跳地走着。那一刻,我仿佛真切地感受到住在东京是多么令人紧张的事情。虽然自己平时没有意识到这种紧张,但我想,他可能时时刻刻都抱有这种紧张感。正因为如此,他才会在东京变得暮气沉沉,而在旅行中却生机勃勃吧。

"那辆内燃机车以前是在八高线①上使用的。据说原本是打算把它运到这里改造成观光列车的,但直到现在还被搁置着,说明这个计划已经作罢了吧。"

他的眼睛看起来充满了光芒。

"我们去下一站,看内燃机车到站吧。"

说着,他又把车开动了起来,不知不觉间,这次开车兜风已经变成了一次看内燃机车和车站之旅。

不出所料,间藤站也是一个无人值守的车站,是渡良濑溪谷铁道的终点站。站台上的告示牌上简单介绍了这条曾经被称为国铁足尾线的第三部门单线运行的历史。

两三名当地乘客正在等待车辆的到来。四五分钟后,远处传来内燃机车特有的"嘎啦"声。

一列深褐色的内燃机车从山的那头过来,开始驶向站台。

他的脸上自然而然地露出了笑容。回过神来,我也一边默默地笑着,一边注视着迎面驶来的小巧可爱的内燃机车。内燃机车一发动引擎,车厢顶部便"扑哧扑哧"地升起一股废气。

真不想回东京啊,我突然意识到自己的想法。就在这时,对他通过旅行和坐火车从在东京时的郁闷和倦怠中解

---

① 八高线连结东京都八王子市八王子站至群马县高崎市仓贺野站,属于JR东日本公司的铁路线。

放出来的原因，我稍微有点明白了。

我想起在新宿聊天时他曾说过的话。

"我是那种等待型的人，等待着开心的事来找自己。不过，如果当飞特族的话，开心的事恐怕不会来。就算找了份固定的工作，大概也不会来。尽管不好说那东西一定会出现，但我觉得，估计还是会在自己有点不对劲的时候，或是出去旅行的时候出现吧。"

他在等待，等待着总有一天会到来的某个东西。

可是，那个"总有一天"会在什么时候来临呢……

过了一会儿，内燃机车又"嘎啦嘎啦"地出发了。

"我们回去吧？快点儿的话，说不定还能在足尾站看到同样的一幕。"

他兴高采烈地说道。

第二章 不想成为那样的人
——对"营销"职位的焦躁

沿着湘南海岸的国道134号线,一到早上通勤时间就非常拥堵,让人不禁疑惑这么多车是从哪里涌现出来的。各种车型跑起来毫无规矩可言,但观察车内的人群,多是打着领带的上班族。

当我们离开国道134号线,拐入通往JR东海道线车站的县道时,堵车现象顿时消失,车流变得顺畅起来。沿路好像有几所学校,每天都能看到孩子们上学的身影,有等公交车的高中生,也有一边嬉戏一边在马路上跳来跳去的小学生。另外,由于松下电器、松下精工①、松下冷机②的摩天大楼林立,在车辆往来的双车道公路的人行道上,上学、通勤的各式各样的人杂乱无序地走着。这般景象给人一种早晨的普遍印象,让人觉得这是不是在拍电视剧。稍微停下来思考一下的话,甚至会有某种异样的感觉。路上的行人看起来就像是被自动分类的邮件一样,被吸进了各个目的地。

沿着那条道路,有一家丰田卡罗拉的营业所,是武田明弘开着他的 Mark II 旅行车上下班的地方。因为附近还有日产、马自达等特约店，所以经过这条路的一瞬间会看到周围全是待售的汽车。

我之所以来这里，是因为惦记着"那家伙最近过得怎么样"。我和武田从小学起就是朋友。

他成为丰田卡罗拉的营销员已经快一年了。在他还是专科学校学生的时候，我们经常一起开车出远门。不过，自从他开始工作后，就再也没见过面。我感觉我们已经很长时间没见了。

我给他打电话时，他爽快地说了句："你直接到店里来吧。"

于是，我驱车从东京出发，途经第三京滨、横滨新道和国道1号线，前往他工作的店铺。

到店后，我把车停在路边，隔着橱窗窥视陈列着锃亮新车的店内情形。我怯生生地走进店里，便看到了正在工作的武田。他过去总是把长及下巴的褐色刘海扎在后面，而现在剪了个清爽的发型，穿着衬衫打着领带。

我有点不安。我想，是不是因为工作了，所以整个人都变了。

当我正想开口问他"最近怎么样"的时候，他先说道："稍等一下哦，我这边有客人。请先在那里坐一会儿。"

听完这话，我便在一张干净的椅子上坐了下来。可我既不是要买新车，也不是要委托修车。说起来，我并没有

---

① 松下精工株式会社，2003年更名为松下环境系统株式会社。
② 松下冷机株式会社，2008年被松下电器产业株式会社合并。

什么事要找丰田卡罗拉,所以觉得周围员工的视线似乎都集中在自己身上,仿佛在说"那家伙是来干什么的?"。我尽量保持自然状态,一边看着旁边的宣传册,一边装出一副慎重考虑的态度。

我抬眼一看,只见他正在看似柜台的那块区域热情地向客人介绍着什么。听着他态度谦逊地说"是啊,所以……",我顿时心情复杂了起来。

"不好意思啊,让你久等了。"

他招呼完客人,走到我身边这样说道。

我刚想再说一遍"最近怎么样"就被他催促道:"我们出去说吧。"我们一边留意着其他员工,一边穿过自动门。当时,外面晴空万里。

"最近怎么样?"

在店外的新款丰田车旁,我终于说出了这句话。他从在店里时的社会人摇身一变,变回到那个我所熟知的老朋友。

"真想辞掉这工作。老实说,全是些我想要揍一顿的家伙。"

他皱着眉头说道。

那一刻,我在店里感受到的与他之间的距离瞬间缩小了,就像"啪"的一声,把手从拉拽着的橡皮筋上拿开一样。

工作快满一年的3月的一个午后,武田把车停在神社旁边，将座椅放倒，翻开了就业信息杂志 B-ing。

在未来的 20 年、30 年里，我到底能不能在这份工作上坚持下去？

他在这样思考着的同时，不得不得出结论："不可能吧。"

在他看来，要想继续做"这份工作"，就必须努力成为一个积极向上的人。无论工作多么不顺利，都不能动摇。否则，就必须要求自己极度迟钝，什么都感觉不到。

在已经翻开了的杂志 B-ing 里，他看中的是房地产相关的工作，因为很多公司的初次任职薪资都是 26 万日元以上。即便他要辞职，没有足够的资金也将是一个迫切的问题。

他目前的月工资是 22 万日元。扣除税金、汽车保险和人寿保险之后，每月到手的钱不足 15 万日元。然后，车贷 3 万日元、手机话费 2 万日元、付给老家房租 3 万日元、停车费 1 万日元、音响设备贷款 1 万日元，再考虑到信用卡的每月还款额，剩下的就只有两三万日元。其中最重要的是，他还要 6 年时间才能还清全新 Mark II 旅行车的贷款。

当初进这家公司就是个错误。

他可能不适合"这份工作"。

"真想辞掉这工作。"

这句话他已经在心里默念了多遍。

1997 年高中毕业后，武田进入一所信息处理相关的专科学校。当时，他只是模糊地描绘着成为系统工程师的未来。但是，在对DOS、VB、C语言等进行全套学习的过程中，他开始觉得自己好像做不了计算机相关的工作。他无法忍受坐在电脑前上课，哪怕只有一个小时左右。如果一直盯着显示器，他的身体就开始坐不住，注意力也会分散。

要是当上了系统工程师，那就得一天到晚摆弄电脑。

想到这里，他实在不觉得自己能成为一名系统工程师。他开始思考什么样的工作不需要一直待在同一个地方，于是想到了"营销"的工作。

他对飞特族的前途感到不安，并不讨厌找一份固定的工作。他觉得一旦习惯了飞特族的生活，到了50岁还是那样的话，真是太可怕了。另外，他也有一种意识，觉得"从社会氛围来看，毕业后不找固定工作的话，实在不太好吧"。

从学校毕业后，懒懒散散地打工也很累人。要是这样的话，还不如去工资和休息日都固定的地方。

他本来就没有下很大决心要找工作，也没有强烈的愿望要从事某个行业。只不过是他亲身感受到的社会潮流促使他走上了就业之路，而并非有人对他说了些什么。他只是在心里隐隐约约地觉得自己必须得找份工作才行。

武田的求职活动从接受日产相关公司的面试开始。他并没有紧张，但离面试会场越来越近，他开始有了"真想回去"的想法。他对即将到来的面试本身渐渐感到了厌烦。

带着这样的心情，当他看到眼前的日产王子东京大楼时，觉得那建筑并不起眼。带他参观展厅二楼的员工认真地介绍了公司的情况，但他"莫名其妙地觉得"这家公司让人提不起兴趣。日产员工在介绍的最后环节发放了问卷，其中有一个问题是"你是否想参加本公司的入职仪式？"，他毫不犹豫地在"否"的那一栏上画了圈。

他找到的下一家公司便是"丰田卡罗拉横滨"。

他去到学校的就业指导中心，看到了招聘信息。上面写着"初次任职薪资 21 万日元"。"工资好像也不算低。"他心里这么想着。

与日产的事务性应对截然不同，丰田卡罗拉的面试是在非常融洽的氛围当中，以如同朋友间谈话的感觉进行的。日产的接待人员只不过是个"认真"的人事部员工，而丰田卡罗拉的则是位风趣的中年大叔。

"那么，下周来考试吧？"

人事负责人说一对一的面试要进行 3 次左右。

在参加完初中水平的数学、国语、英语考试的几天后，录用通知寄到了武田家里。他的求职之路就这样出人意料地结束了，远比想象中要简单得多。他总觉得"能跑外勤的工作真好啊"，于是无意中找到了丰田卡罗拉，并幸运地被录用了。的确，他感觉自己的工作就这么水到渠成般地定了下来。无论是就业，还是成为丰田卡罗拉的营销员，他都没有经历任何纠葛。

在汽车座椅上读完 *B-ing* 后，他打起盹儿以消磨时间。然后，看准时机把车开到工作地点丰田卡罗拉的营业所。

"找到 Hot 了？"

一回到营业所，上司便说出了那句固定的台词。

每当听到这句话,他总是感到心情很不愉快。所谓"Hot",就是指"有可能买车的人"。

按理说,作为一名营销员,他白天跑外勤的时候不得不一个接一个地按下陌生人家的对讲门铃,询问"您要买车吗?"并进行推销。尽管如此,进入3月以来他一次都还没有按过门铃。然而,回到营业所之后必须汇报当天的业绩。由于实在没办法,所以他就随便做汇报,也就是编造说自己去了几户人家。上司听完汇报之后,一定会说的台词就是"找到Hot了?"。

白天什么都没做,所以不可能找到Hot。他知道这一切都是自己的错,因为个人原因而心情不愉快。但即便如此,他也没有想要改善的想法。

面试的时候我应该纠结一下的。正因为如此,我现在陷入了极其为难的境地。这份工作对自己来说真的好吗?要是当初我更认真地考虑后再找工作的话……

"哎呀,这不是挺好的嘛!"

他的工作定下来之后,母亲这样说道。

第一天上班,当他穿上西装、打上领带时,总觉得有些拘谨。他曾经听说过有人一系领带就会像癫痫发作一样呼吸困难,现在觉得能够理解那个人的感受了。也因为这是他第一次踏入这个新世界,所以感到紧张。他一到公司便一反常态,变得特别老实,就像只借来的猫似的。

按照规定,起初新人要去其他营业所接受培训。他去到那里发现,在营业所修配厂的一个角落里,有一栋预制装配式建筑被用作了培训中心。他在那里学习了订单写法及报价方法等业务方面的基础知识，但对他来说，一整天都要坐着是件非常痛苦的事情。

好想快点开始跑外勤啊。

他一边急不可待，一边忍受着无聊的培训。

所以，当培训结束，可以出去跑外勤时，他高兴地按下了陌生人家里的对讲门铃。新人没有销售定额，没有任何压力，这也是他觉得工作快乐的一大原因。

然而，他第一次成功卖出车并不是在跑外勤的时候，而是利用丰田的客户数据库，制作了一份车检即将到期的客户名单，然后通过一一给名单上的号码拨打电话的所谓"电话呼叫"的方式，找到了购买新车的客户。

"我正想换辆新车呢。"

听到电话那头这么一说，他立马去到那位客户的家中拜访。

他一边逐一展示带来的商品目录，一边向客户解释说明。然后，当客户说"我要买"的时候，他在心里喊道："太棒了！"车卖出去了，他打从心里感到高兴。

此外，营销员还应在当天前往曾到访营业所的顾客家中致谢，偶尔会有机会受邀到该客户家里做客。这一点也让他觉得开心。

他清楚地记得自己第一次受到邀请时的情景。

"嗯，我会考虑的。"

那天，他去了当天曾到访店里的中年男子家中，发现那是一栋装有自动锁大门的公寓。看着紧闭的入口，他想着:"看来隔着这个对讲机说几句就完事了。"但是,当他按下对讲门铃,却意外地听到客人用欢快的语调招呼道:"哦,你来了啊,上来吧。"一进门,他就看到一个五六岁的孩子。

"那么,您觉得怎么样呢?"

"嗯,本田的车我也很喜欢,所以还没法决定……"

虽然只有十几二十分钟时间,但在交流期间,对方还端上了茶和蛋糕,他非常开心,心想:"哇,我第一次进了客户家,还受到了款待。"

那个时候,他觉得工作很有趣。无论做什么都感觉新鲜,有干劲去做新的事情。

在跑外勤时,如果找不到 Hot 的话,就会被指定任务,即傍晚6点半到8点多之间要在营业所完成之前提到的"电话呼叫"工作。事实上,他在跑外勤的时候睡午觉去了,所以这项任务今天又成了他的义务。他非常讨厌这样做。在吃饭的时间突然要给人家打电话,这让他很痛苦。

另外,有一件事他无论如何也无法习惯。那就是在寻找 Hot 之前要进行的"评定"工作。这对营销员来说是一项必不可少的工作,因为如果事先知道车子的状态和价值,就能给出一个更具体的新车报价。

但是,如果突然到访家中的男子询问"您车子的状况怎么样?请允许我评定一下",一般不会有多少人同意吧。所以营销员会记下按过对讲门铃的客户家中的车牌号,等车检快到的时候再去偷偷看一下。他们会在某一天,也不事先打个招呼就突然直接去检查汽车的外观,隔着车窗窥视驾驶席的里程数。之后,营销员回到营业所,将车牌号输入电脑,做出评估,将新车报价单投进客户的邮筒,过几天再去拜访那位客户,告诉对方:"此前我看过您的车……"这一连串的操作,其他人都能若无其事地完成,可他却怎么也做不到。

在别人家的玄关前绕着车子转来转去,最后竟然还随便偷窥里面,这完全就是个可疑人物嘛!

然而,作为一个工薪族,能若无其事地做到这一点是非常必要的。

"车子根本就卖不出去嘛!"

他开始有这种想法,是在夏秋之交的时候。

说到底,外勤这项工作完全取决于个人意志力的强弱。一旦去到外面,就得自己一个人决定是工作还是不工作。做什么都是随意的,没有什么会强迫你工作,简直就是放养的状态。在这种情况下,他逐渐对工作失去了干劲。

其中一个原因是,他的工作被规定了销售定额,即所谓的个人目标。而在此之前,他只是接受教育培训,没有任何目标。尽管"定额"一词从未被使用过,但公司里有一种"至少要卖出这么多!"的无声的压力。

在这种情况下,一旦习惯了工作内容,失去了新鲜感,剩下的就只有痛苦了。至于业绩方面,7月份他卖出了一台车。父亲说"家里的车也挺破旧的了……"从他这里买下了一台，此外他便再也没卖出过一台车。

无论他跑了多少外勤，都没有得到好的回应。他还碰到过按下某户人家的对讲门铃，对方只是从玄关旁边的小窗户探出头，然后"砰"的一声默不作声地用力关上窗户的事。8月、9月、10月、11月，日历就这样不断地被翻过去。

在这个过程中，他开始思考这意味着什么。

现在，从早上8点到差不多晚上10点半，我都被公司束缚着。算起来，一天要工作14个小时。一天14个小时也就是一天的一半以上。那么，如果今后工作20年的话，就意味着要把超过10年的时间奉献给公司？

最近，他第一次买了 *B-ing* 杂志。车要停在员工用停车场，所以为了不被其他员工发现，他把 *B-ing* 藏在了车的座椅下面。

职场的人际关系也让他觉得很痛苦。

起初，他觉得公司里的人都不错，但到头来发现只是自己随意地解释了表面的部分而已。现在，他甚至都有想要打人的冲动了。

而且，尤为让他感觉狼狈的是员工们的"拐弯抹角"。

例如，计划第二天交付的车需要在前一天进行清洗、打蜡等准备工作。按理说，这些工作应该由负责人一个人完成，但实际上，在场的所有员工都要帮忙。然而有一天，他没有注意到大家正在进行车辆交付的准备。就在全体员工都出动去外面做洗车等工作的时候，他却在营业所里面做着自己的事。

车辆交付准备工作结束时，一无所知的他走到外面，一位前辈看着他的脸说道：

"啊，太辛苦了。"

"好累啊。"

"室内怎么样？休息得舒服吧？"

这话让人感觉极具讽刺意味。

如果觉得应该帮忙才对，直说就好了。为什么要用这么不干脆的说话方式？

近来，当负责新人的教育主管问"找到Hot了？"，他几乎每天都回答说"没找到"。于是，主管的态度逐渐冷淡起来。

的确，如果车卖不出去，周围人的态度变得冷淡是再正常不过的事情了。销售就是这样一份工作。不过，他对这份工作还是抱有理想的。他曾立志"要成为一名每周都能拿到1台订单的有能力的营销员"。虽然他觉得实现这个理想是不可能的，但正因为想或多或少接近理想，才能坚持工作下去。只要能卖出去，现状应该就会得到改善。尽管如此，在过去的4个月里，一台车也没能卖成。他如此萎靡不振也的确是无可奈何。

在这种情况下，直到12月，他的身边终于出现了一位客户。这是期待已久的"Hot"。但好不容易抓住的这位客户却执意要求降价。单凭个人意见无法答应大幅度的降价，他便和营业所长商量，最后决定经理也一起跟客户进行交涉。

"那么，这个价格如何？"

经理给顾客开出的价格低得出奇，即使从他的角度来看也是如此。对于这件本来要价225万日元的商品，经理给出的价格竟是185万日元。

哎哎，这真的可以吗？还有利润吗？

无人顾及他的这种担忧，商谈顺利推进，车卖出去了。不管怎样，确实是很久没卖出过车子了，但这件事也在他的内心留下了一些让人难以理解的东西。

在来年1月份的利润报告中，他无意中看到那位客户的那一栏信息上面写着"负8万日元"。归根结底，相较于利润而言，那个时候的营业所更想要的是台数。

营业所为了轧平每月销量的账，有时会冒着亏损的风险开出破格的价格。然后，当这些数据最终被发送至总公司时，拿到更多利润的员工的盈利额会被用来补偿负利润卖出汽车的员工，从而实现全员盈利。

但有一次，他按照所长吩咐的那样拿来一份负利润的订单时，前辈这样说道：

"这都什么啊，不是负利润了嘛。这种东西谁都会写。"

那该怎么办才好呢！那一刻，他真的厌烦了。

有一天，他在车站前走着，突然一张疲惫不堪的脸映入自己的眼帘。身穿旧西服的那个男人正是他自己投射在镜子里的模样。

啊，我老了，看着有点身心疲惫啊。

细细想来，和上高中时相比，现在时间过得快得吓人。他回忆起几个月前的情景，那时自己还曾想着"希望早点工作"。

要是不用上学的话，就能比现在多出很多时间来工作。与其在学校的课上听没用的东西，不如从早上开始就拼命工作，挣很多钱，过好日子……

但当他真的从早到晚都在工作时，回想起曾有这样的想法，就变得很可笑了。

然后到了晚上，他一边想着"再不睡觉的话，明天就够受的了"，一边想把一切都放下，回到学生时代。他很怀念以前玩耍时不用考虑明天的日子。在学校附近朋友家过夜的第二天，在上学路上的弹珠店玩到3点左右，然后再回朋友家。虽然一边下定决心"明天要去学校"，一边却又重复着同样的事情。他开始强烈地想要过那样的生活。

正是在这种心理状态下，他开始购买 B-ing。他隐约明白，即使自己在就业杂志上找到新的工作，结果也大同小异，但他还是觉得会比现在好。他非常讨厌按对讲门铃，憎恨别人家的玄关。当然，之所以会这样也是因为进了这家公司。

本应藏在车座椅下的 B-ing，如今就连把车停在公司员工停车场时，也被扔在了副驾驶座上。

"你要辞职吗？"

曾有同事看到杂志后这样问他。

"不，我还没决定……"

每次他都含糊其词，直到最近，他才明确地跟所长说："我想辞职。

听到这话,所长说道:
"哎?你要扔掉丰田这个招牌?"
所长像是装作很惊讶似的这样回复他。
营业厅的氛围正集中体现在了这次的对话里。
那什么玩意儿?!我又不是为了招牌在工作!
他当时是这么想的。
但是,实际上很难做出辞职的选择。如果辞职,就无法偿还入职时购买新车的贷款了。
新人买车会以公司内部的低利率贷款。如果辞职的话,就需要对那部分低利率贷款进行一次性结算,或者全款一次性结算。如果做不到的话,这部分贷款就会恢复到一般利率,要支付近百万日元的差额。因为最初进入公司时并没有辞职的打算,所以在找到工资高且能继续下去的下一家单位之前不能轻易辞职。他试着依次找了几家金融机构了解汽车贷款,但还没有找到任何一家愿意借给他一次性结算所需的300万日元。
他怀疑这是经销商的一种手段,尽管他不知道对方是否有意为之。新员工往往自己至少买一辆新车,亲戚也因情面至少买一辆。起初,新员工也会努力工作,即使很快辞职,也至少能卖出4辆车。如此一来,新员工就像是顾客一样的存在。这样想来,无论是找工作时面试官异常友好的态度,还是去者不追的公司氛围,不就可以理解了吗?
目前,我迫切地在考虑钱的问题。
想到这里,他不禁意识到自己内心纠结得可怕。

当他还是学生的时候,即使没有钱也很开心。而现在,没有钱的话,生活就会不如意。现在成了车奴,每个月都要支付停车费和信用卡还款。不知不觉中,他发现自己被金钱束缚住了。而且,最可怕的是,在被贷款束缚的过程中,他将走完二十几岁的岁月,迈入 30 岁。他对就这样继续做营销员没有信心。

如果就这样不辞职,也许我会变得和自己看衰的那些 30 多岁的员工们一样……

到那个时候,自己是不是会对卖不出去车的员工态度冷淡,说些挖苦的话呢?想到这里,他不禁毛骨悚然。无论如何,他都不想改变。

现在还来得及,现在还来得及。

他每天上班嘴里都在嘟囔着"不干了,不干了"。

也许正是因为他在寻找辞职的契机,所以才会觉得自己的工作无趣,周围的员工看起来都是讨厌的人。镜子里的自己看起来很累,一定也是这个原因。

最重要的是,销售这份工作也应该必定有其趣味性和深奥性。如果适合做这份工作的人能坚持下去,一定会有像从黑暗的隧道中走出来一样,在工作中感受到生存价值的时候吧。只有那些到达充满光明的出口的人,才会继续留在公司,而不是辞职。

然而,他对工作感到厌倦,甚至没有余裕意识到自己身处隧道之中。他已经感觉到辞职是不可避免的了。

现在,即使车好卖,他也一点都不觉得高兴,就连受邀去客户家做客也让他感到讨厌。他想着"啊,车子交付之前不能辞职啊""糟糕,又要说很长时间了"。他在妄想"我会不会中彩票呢"。

即使我工作一辈子,也不可能赚到3亿。要是能一次入账3亿,我就可以做这做那,工作努力到不被炒鱿鱼的程度,保险什么的全部用这笔钱解决,舒舒服服地过日子……

他已经在公司工作了将近一年。在此期间,他一直抱有好感的一位销售前辈因业绩不佳而辞职了。前辈是那种认为即使去跑外勤,午睡也是理所当然的人。

"我儿子是高中生,马上就要参加高考了。"

他想起那位前辈曾这么说过。

有一位同事说自己将在5月份结婚。而肩上背负着家庭的人在业绩不理想的时候,真的会露出那种有可能自杀的表情。

"在这样的情况下结婚不要紧吧……"

他那一批进公司的新员工有24人。在过去的一年里,好像已经有8人辞职了。再往前算的第三批据说已经只剩下两个人了。

这是一份会让这么多人辞职的工作。这么一想,好像有一段时期,他几乎每天都对负责新员工的主管和其他员工嘟囔"不干了,不干了",然后,还对身边的同事们一味地发脾气。但是,因为比车贷和信用卡月供更让他无法辞职的理由不断出现,所以即使不知道这对自己来说是否正确,他也曾有过放弃和妥协吧。

但对他来说,"辞职"这一最大的自由仍然真实地存在着。

辞职就行了，仅此而已。

现在还来得及，现在还来得及。

今天，他也开着那辆纯白的 Mark II 旅行车前往公司，带着自己会成为第 9 个人的那种预感。

第三章 把一切献给音乐
——从精英路线到音乐人

在离大久保车站不远的一家俱乐部风格的Livehouse（现场演奏音乐的店）里，这一天也安排了七支乐队演出。其中，压轴登场的是一支重金属乐队，成田健二（化名）担任鼓手。重金属音乐也许不是什么流行音乐，但成田一直执着于此。他是我在大学时期的学弟。

晚上7点半刚过，当我走下通往地下Livehouse的楼梯时，发现几个年轻人正在吧台那边喝酒谈笑。

我打开通往舞台的隔音门。那一瞬间，贝斯的声音在我的身体里回响。还没有轮到他，一支来自关西地区的硬摇滚乐队正在演奏。虽然唱得不怎么好，但吉他独奏很有味道，吉他手看上去像是个高中生。观众的规模应该说是不多不少吧。

我用在前台花500日元购买的饮料券兑换了啤酒，开始等待成田的乐队过一会儿的出场。

演出乐队更替期间场内瞬间鸦雀无声。之后，背景音乐开始响起内行人都知道的金属乐队"ANGRA（安格拉）"的歌曲，于是我想他的那支乐队接下来就要登场了吧。

不出所料，成田出来了。他赤裸着上半身，齐肩的乌黑头发摇曳着。已经开了几十次演唱会，他并不紧张。不过，也许是正式演出的缘故，他的脸看起来比平时绷得更紧一些。

并没有响起什么特别的欢呼声。除了主唱，其他4位成员都只是在默默地为演出做准备。

就在这时，大厅里响起了一阵轰鸣般的鼓声。刹那间，所有人大概都在想"是不是已经开始了？"，但这是他进行调整时的习惯。他会像正式演出一样抡鼓过门，我总是会想："开始之前就那么拼命地敲，那等到关键时刻不累吗？"如果我问他这个问题，感觉他会回答说："我是个好鼓手，鼓声也比其他家伙大得多，所以稍微累一点刚刚好！"因此，我也就没问。不过，他的鼓声确实有那么大。也许几乎可以不用麦克风了。

不知在座的二三十位观众当中，有多少人知道成田开始打鼓的契机？我想肯定没人知道。而且，也没人知道他在乐队里投入了多少自己的生活。

21岁的他是一名大三的学生。按理说，应该马上就要开始找工作了，但他没有这个打算。

"这些天我过得很充实。每天工作，去学校，然后创作歌曲……一直只想着音乐的事情。现在不能马上出道也没关系。只是，即使不能靠这行过活，我也想一直做同样的音乐。即便是40岁以后才能开花结果，我也完全不在乎。"

某一天,他激情澎湃地对我说了这些话。

他说话的声音很大,以至于周围的人都不由自主地回头看。

"只要你坚持下去,机会一定会来的。"

我用比他小很多的声音对他说道。

1992年2月1日,麻布初中的校园里积了一层薄薄的雪。

从日比谷线广尾站到麻布初中,孩子们步行需要花15分钟。许多学生在母亲的陪伴下朝着考场走去。雪把路弄脏了,走起来发出咯吱咯吱的响声。由于下雪电车稍微有些晚点,考试开始时间比预定时间有所延迟。

"这些家伙全都是笨蛋。在这个教室里,我应该是最聪明的。"

环视一脸紧张地等待考试开始的同龄小学六年级学生们之后,这是健二最先想到的。他从5岁开始学习小提琴,在演奏会上,他会把观众当成土豆来缓解紧张,此刻所使用的也是同样的方法。虽然在一定程度上,他还是感觉有点紧张,但在考场上一看到上同一家补习班的朋友便立刻得到了缓和,休息时还有余裕打雪仗。周围的考生看到他们在考场玩耍,都投来了惊讶的目光。

对于这场考试,他既不觉得难也不觉得简单,只觉得自己已经拼命努力去解题了。

健二曾就读于神奈川县的一所公立小学。

即使不是特别用功，他的成绩也原本就比其他学生好得多。此外，他是班里跑得最快的学生，还是个绘画高手。在音乐课上，他华丽地弹奏了上小学前就一直在学习的钢琴。当他演奏练习曲的时候，其他同学每次都会称赞："好厉害，成田君！！"他自己虽然没有游戏机，但是给大家弹《勇者斗恶龙》等游戏的配乐时，同学们也都眼睛一亮，夸赞他："噢！！好厉害！！"

对健二来说，小学就像天堂一般。他理所当然地当上了儿童会会长，认为自己"像个帝王"。

唯一讨厌的事情就是每天的小提琴和钢琴练习。每天早上上学前，他都必须为每周一次的课程练习30分钟。被母亲叫醒后，边揉着惺忪睡眼边上课，真是痛苦。"为什么连这种事都做不到！！"健二一边被打屁股，一边想着只要没有这个讨厌的事，自己就是世界上最幸福的人了。除了新年和盂兰盆节去祖母家以外，他每天都在练习。

这样的他以私立初高中一贯制的重点学校为目标，或许是顺理成章的事情。而他开始萌生参加入学考试的具体想法是因为哥哥上的是一所私立初中。

"健二，听说上公立初中的话就得考高中，而且自己还不能决定要考的高中。"

关于公立初中，母亲常常这样说道。

因为哥哥在私立初中上学，所以母亲对公立中学的情况了解不深。不过，她自己经营的音乐教室里有很多公立初中的学生，因此，她在和学生家长的交谈中获得信息，与私立学校进行比较。

当时，神奈川县的公立高中是根据成就测验、内部评定成绩、入学考试得分进行综合评估，以决定合格与否。这是一种被称为"神奈川方式"的评价方法。

"也就是说，不仅仅是学校的功课，社团活动、委员会的工作以及老师对学生的评价也都会成为分数，左右着学生能报考的高中。"

健二上小学四年级的时候，母亲每每听到关于公立学校的消息，就会转述给他。那语调听起来，似乎不管怎么说都是对私立学校的评价更高。

听母亲讲述多次之后，健二开始觉得自己想上私立学校了。当母亲对他说"就算不去私立学校，你应该也能好好走下去"时，他下定决心无论如何都要去私立学校，因为他觉得那话是在说"你考不上私立学校"。他是儿童会的会长，成绩也很好，认为对自己来说没有不可能的事，他的自尊心绝不容许这种否定。

后来，他开始认为，也许母亲对他的这种心理了如指掌。母亲应该能预料到，如果自己一直在说私立学校的优点，最后却说"你考不上"，那么自尊心很强的健二肯定会以私立学校为目标吧。不过，还是小学生的健二不可能有这样的怀疑。

他立即去了哥哥曾上过的大型补习班"日能研"。参加入学选拔考试后，进入了水平最高的班级。

健二在那里受到了很大的打击。从成绩顺序指定的座位来看，在共计约10排的座位中，第7排是他坐的地方。看着排列好的桌子，自己输给了谁一目了然。当发现其中有在同一所小学里不太突出的同学时,健二感到非常地不甘心。他决定在下一次考试之后,要去到更靠前的座位。于是说到做到,他坐到了第4个位子,自尊心得到了满足。当时坐在他前面的3个人后来都顺理成章地考上了东大。

因为小提琴和钢琴的练习仍在继续,所以上了日能研之后,他不得不起得更早了。

健二在晨间乐器练习前做算数题、概括《朝日新闻》的"天声人语"①。当他把整理好的文章拿给母亲看时,母亲总会说"这里要重写""这里不对劲"。不管是早上还是傍晚,只要是学习的时候,母亲一定会坐在他旁边,防止他偷懒。于是,健二会一点一点地做着这一天的任务,但有时母亲去买东西不在的时候,他就会立刻扔下铅笔去看电视或漫画。

事实上,备考很痛苦,健二经常逃掉补习班的课。为了参加打着"周日特训讲座"名号的以升学考生为对象的课程,他得坐电车去别的校舍,当时他参加完考试就溜出补习班去附近的游戏厅玩了。夏季讲座的时候,因为是暑假,他经常不去上课。

那段时间,健二经常在书店站着看书。下课前的两到三个小时,他一直在看漫画之类的书。他担心如果缺课太多,以后会有麻烦。但是,就在想着"一次还好吧,两次也不会怎么样吧"的过程中,他逃课的次数逐渐增多了起来。这样一来,即使不至于降级去别的班级,考试成绩也

---

① "天声人语"是在《朝日新闻》早报长期连载的社论专栏。其文章被认为是日语规范文章之典范,常被用作大学入学考试、企业招聘考试的试题。

会下降。

"考试成绩差不多出来了吧？"

对于母亲的提问，健二有时会找借口：

"咦，总部的机器好像出了故障，还没有出来呢。"

尽管这样搪塞了一段时间，但谎言最终败露。母亲一个星期都没跟他说话。

就这样，成绩反反复复忽好忽坏，考试的日子终于到来了。健二依次参与了麻布、镰仓的荣光学园和横滨的浅野中学的考试。

只有父亲去看了发榜。

小学要上课是原因之一，但健二当时没去看发榜的最大原因是，2月1、2、3日的考试一结束，他就开始泄气了。六年级的5月，去麻布看文化节的时候，他确实想着希望自己通过考试，进入这所学校。然而，在备考的过程中，比起合格，应试本身成了他的目标。

考试前夕，在庆应大学租借校舍进行模拟考试后，举办了类似鼓励会的聚会，健二被分到"麻布应试组"。讲师为大家就该如何备考发表讲话。

"麻布的答卷要这样写！"

"那里只要能把文章总结得好，就一定能考上！！"

对此，学生们发出了"哇哦！！"的欢呼声。

不知不觉间，他开始觉得应试本身就是一场大决战。

健二本来成绩就很好，对他来说，每天早上的学习和放学后的补习班是莫大的痛苦。一想到大决战已经结束，自己也不用再学习了，顿时有一种解放感在他胸中蔓延开来。

母亲接到了父亲打来的电话。那天后，母亲卧床3天，就像绷紧的弦"噗哧"地断了一样。

结果是他合格了。

在麻布中学的入学典礼上，一群留着锅盖头、面容严肃的新生穿着被称为标准服的校服，只有健二一个人是穿着牛仔裤、扎着头巾参加的。他突然跟身旁一位看起来很认真的学生搭话："你参加什么社团活动？"对方露出害怕的神色。

在小学一直是人气王的他，在中学也想引人注目。

有的孩子上课时只要老师一说什么，就会先插上一嘴，健二正是如此。

麻布的教育方针特别适合他。没有制服，学校几乎不约束学生。唯一被老师禁止的就是打麻将，除此之外都很自由。

健二所看到的麻布初中的课堂是在放任吵闹学生们的情况下进行的。尽管初一刚开始的时候，课堂还能保持一定程度的安静，但随着学生们逐渐适应学校，他们的上课态度就开始恶化得可怕。到了初二，课堂已经乱得让人束手无策了。即使在上课的时候，学生们也会用正常的音量私下交谈，有的学生甚至会趁机离开教室。有人在看漫画，也有人在睡觉。教室里的气氛让人联想到咖啡馆。在这种氛围中，坐在前面的几个人认真地听课，老师也只对听讲的学生讲课。

"这篇文章和这里有关……"

就在老师讲课的时候,后面的同学们正在说笑。

那喧闹声非常大,以至于健二的父亲来学校时,问健二:"这是哪个教室在上课?"麻布这所学校上课的时候比午休的时候更吵。因为午休时间大家都去便利店和游戏中心,教室里没有人。

只要遵守"不打扰认真听课的学生"这一条默认规则,剩下的就可以随心所欲。据健二观察,老师们似乎也差不多放弃了。偶尔会有不死心的年轻教师把名单砸在讲台上,声色俱厉地喊道:"吵死了!安静点!"但是,沉默了一分钟左右之后,学生们又开始说话了。而且,有时教室后面还会传来"吵死了!安静点!"的声音,模仿老师的学生出现了,教室里回荡着笑声。想必老师们也是在不断重复经历这种事的过程中走向放弃的吧。

在升入初中的同时,健二在自家二楼获得了一个单独的房间。对他来说,这是第一次拥有自己的房间。

在此之前,无论在哪里,父母都会盯着他,但在自己的房间里却有完全的自由。从那以后,健二待在自己房间里的时候总是看漫画,而在一楼的母亲还以为他在学习。他会在书桌上摊开教科书、笔记本、一叠打印纸等,只要一察觉到母亲"噔噔"上楼的脚步声,就立刻把漫画藏到教科书下面。

备考初中的时候,他之所以能坚持学习,是因为母亲在附近一直盯着。对健二来说,那只是一种束缚。他从母亲的视线中解放了出来,"学习"这个词也就从他的脑海中消失了。

但是，即使不学习了，仅仅因为是麻布生这一事实，健二内心就产生了"我是公认的精英"这种意识。至今为止自己都很优秀，今后也会很优秀。他渐渐开始有了这样的自信。从小学的时候开始，他至少就有看不起人的感觉，打心底认为"自己和周围的家伙不一样，是被选中的人"。而进入麻布之后，这种感觉更加强烈了。然而，这样的臆想逐渐变成了一种无法摆脱的念头，即"因为我是麻布生，所以在某种程度上必须成为凌驾于他人之上的人"。

"这样下去你打算怎么办？认真考虑一下自己的未来吧。将来想做什么？"

比如，健二上初中二年级时太不用功，父母实在看不下去，于是问了他这个问题。他当时非常简单地、冷淡地、理所当然地回答道：

"将来？律师之类的？"

健二觉得，既然到了麻布这所学校，就必须从事被称作"老师"的一类职业。除了律师、高级官僚和医生之外，其他的选择对他来说等于没有。即使有，在令人自豪的"麻布"和对自己寄予厚望的父母面前，那些敷衍了事的职业他也说不出口。

但这并不仅限于健二一人，麻布的所有学生似乎都有着与他同样的想法，认同自己是"精英"。而且，精英们也懂得相互认可。据说在麻布完全没有许多公立初中和高中存在的校园欺凌现象。尽管周围也有无法融入的学生，但他们能以"无法融入"为荣。这样一个骄傲的群体对自己的生活方式充满着自信,会理直气壮地提出自己的主张。健二也是如此,他认为麻布是一个你若不出众则会被遗忘的地方。

自由的校风,放任自流的课堂,对于想要引人注目的健二来说,这是一个绝佳的舞台。即使加入到这个头脑极为聪明、自尊心极强的初中生群体中,会弹钢琴、拉小提琴,还擅长体育的健二也不出所料地成为班里的人气王。在社团活动中,他加入的是橄榄球社团,也因运动神经发达而受到周围人追捧。和小学时一样,对健二来说,学校就像天堂一样,每天都过得很开心。他觉得这是理所当然的事情。尽管由于不学习成绩不佳,但幸福的日子一直持续着。

正是在这种快乐的日子笼罩着健二的时候,他注意到自己的身体有些不对劲。从暑假橄榄球部集训回来的时候开始,他突然浑身发痒。

他立刻想到"这是特应性皮炎"。因为有一段时间,哥哥也患上了严重的特应性皮炎。健二看着哥哥痛苦的样子说:"你看上去真难受啊。"那个时候,他做梦也没有想到这是即将降临到自己身上的痛苦。但是,自从集训回来,只要一出汗,他的脸部和身体就会非常痒。

父母也知道健二因这种症状而烦恼,但哥哥的特应性皮炎只在青春期的一个时期出现过,所以他们认为健二也是同样的情况。他们当时的认识是,放着不管,不久便会自愈。然而,健二的症状变得越来越严重,每天脸上的皮肤都在一点点地发生变化,不知不觉间,他的皮肤变得像大象一样僵硬、干燥。然后，皮肤皲裂脱落。

如果去看医生，接受类固醇药物治疗，有可能抑制皮肤皲裂。但是，健二的脑海里没有依赖他人的这个选项。而且，最关键的是，健二的自尊心选择了隐藏自己的弱点。他见过哥哥的情况，知道特应性皮炎本来就没有根治的方法。即使使用类固醇药物，症状也只是暂时得到缓解，但之后皮肤会剥落得更严重。

"只能忍耐了。"

健二试着这么去想。

然而，那是一段艰难的日子。半夜里，身体痒得受不了的时候，健二对着房间的墙壁踢了好几次。由于踢得太用力，发出了咔嚓一声什么东西折断的声音。母亲吓了一跳，来看情况，但并没有责骂他。

随着症状的持续恶化，健二脸上的皮肤也开始逐渐脱落，原本开朗、爱出风头的他日渐无精打采起来。他的面色变得暗淡，主动说话的次数也变少了。上了中学之后仍勉强坚持的小提琴练习也不得不中断了。

对健二来说最痛苦的是在学校上课时出现了症状。

这种时候，在1小时50分钟的课堂上，健二一直忍耐着。体温一升高，瘙痒就会加剧。他一边拼命抑制着想要挠身体的冲动，一边等着下课。为了让身体降温，他会走出教室，有时甚至把自己关在厕所里，一坐就是两三个小时，一直发出"哼哼"的呻吟，直到瘙痒消失为止。在此期间，他当然不会去上课，因此考试分数下降，不断重复这样的恶性循环。自从8月发病以来，健二不能参加社团活动，也无法学习，什么都做不了。

次年3月过后，他的症状终于开始好转。升入初二以后，他的身体渐渐恢复，甚至让人觉得之前的一切痛苦都是假的。在这期间，健二逐渐恢复了精神，但一度变得阴暗的性格却再也没有完全恢复。他变得讨厌说话，对自己的外表依然怀有很强的自卑感。他之前一直备受朋友瞩目，自己也希望如此，而如今他变得非常厌恶被人看到。

就在他发病整整一年后的8月（初二暑假），也就是父母开始想尽一切办法让放话"要成为律师"的健二坐在书桌前的3个月后，一度已趋向恢复的特应性皮炎又急剧恶化了。

40度的高烧持续袭击了他大约一个星期，丝毫没有要退去的迹象。他早上起来发现尽管自己没有伤口，但头皮流出的脓液把枕头弄得湿漉漉的。健二完全不明白为什么病情突然恶化。对他来说，唯一的事实就是体液从自己的体内流出。在朦胧的意识中，他反复地自问自答："我会就这样死去吗？"

最后终于去医院时，医生说："你们竟然放任了一个星期没管这病！"立刻让健二住院了。据说病因是脸上沾上了细菌。在那之后的一个月里，健二在白色的病房里一边打着点滴，一边忍耐着。瘙痒一直没有中断过。除了嘴巴和鼻子，他身上的所有皮肤都缠着绷带，简直就像木乃伊一样，他夜夜都在思考"死亡"的问题。他知道不能悲观，也知道越是悲观就越痛苦。但是，在肉体逐渐崩溃的过程中，自己能克服这种痛苦吗？一想到这里，他怎么也甩不掉死亡的阴影。而且,无论他想什么,剥下粘在伤口上的纱布时的那种疼痛都是不会改变的。

等他出院时,第二学期的课程已开始,然后第三学期①过去,他就升入了初三。在此期间,特应性皮炎的症状并没有变得特别严重,但健二开始带着一种恍惚无力的感觉过日子。一年前的初春,病情逐渐好转时,健二曾稍微放下心来:"果然是一时性的,因为哥哥那时候也是这样。"但是,就连刚刚恢复的元气,在出院后也消失得无影无踪。而且,伴随着对特应性皮炎的极度厌恶,他每天都过着懒散的生活。

他唯一的乐趣就是看漫画周刊。周一是《周刊少年JUMP》和《周刊BIG COMIC SPIRITS》,周三是《周刊少年MAGAZINE》和《周刊少年SUNDAY》,周四是《周刊YOUNG JUMP》和《周刊YOUNG SUNDAY》。只要去学校,就会有人把这些漫画杂志带过来。健二只是带着对这些杂志的期待而去学校。这也是他为了去不想去的学校而苦苦揪住的一个动机。他需要劝说自己:"虽然讨厌,但我还是会去学校,因为有漫画。"否则,他根本就不想去上学。他非常讨厌周二、周五、周六去学校,因为那几天不是自己喜欢的杂志的发售日。

"听说那些家伙组建了乐队。"

初三暑假结束的时候,健二从篮球部的朋友那里听说

---

① 日本的初中一般实行三学期制,第一学期4月至7月,第二学期9月至12月,第三学期次年1月至3月初。

了这件事。那时,他一直过着昏昏沉沉的日子。据说是篮球部的一部分人为了迎接高一的文化节,组建了一支摇滚乐队。麻布是初高中一贯制的学校,学生可以自动升入高中,不用担心考试的事。

"对了,我记得你好像也玩过什么乐器来着?"

健二对着这么问的朋友撒了一个大谎。

"我?我是鼓手。"

他学的乐器是钢琴和小提琴。不过,健二之所以撒谎,是因为他是 X-JAPAN① 的粉丝。自小学时看《NHK 红白歌会》② 以来,对健二来说,提到 X,那就是 YOSHIKI③ 和架子鼓。不学习的时候,健二会在家里一边听 X 的 CD,一边经常做打鼓的手势。

健二原本就有预感自己会组建乐队。在上小学之前,小提琴和钢琴就已经伴他左右。虽然不喜欢每天被母亲催逼着练习,但对自尊心很强的健二来说,最喜欢的就是做自己最擅长的事情。就在这样的过程中,哥哥开始参与乐队活动。那是一支由小提琴、键盘、贝斯组成的乐队,在编制上有点不太常规。看着把乐队成员召集到家中创作歌曲的哥哥,健二有时会投以羡慕的眼神。后来,他在上中学的时候知道了 X,便开始觉得自己总有一天会组建乐队。然而,他

---

① X-JAPAN 是日本重金属乐队、视觉系摇滚乐队,成立于 1982 年。下文简称"X"。
② 又译为《NHK 红白歌合战》或《红白歌唱大赛》,是日本广播协会(NHK)自 1951 年开始每年播出一次的音乐节目。以现场直播的方式同时在 NHK 的电视与电台频道向日本全国以及全世界播出。前 3 期于年初播出,第 4 期起固定于年末播出。
③ YOSHIKI 本名林佳树,日本音乐人,是 X-JAPAN 的队长,担任乐队的鼓手和钢琴手。

患上了特应性皮炎，不知不觉已经过去2年半时间了。

在他谎称自己是鼓手后不久的某一天，机会到来了。班上竟然真的有学生开始打鼓。那名学生一边看着教程，一边在教室的课桌上练习节奏模式。

"这个节奏我不会啊。对了，成田，你会打鼓对吧？来试一下看嘛！"

说着，他便递给了健二一副鼓棒。健二内心战战兢兢地看了看教程，发现原来是基本节奏模式的应用型。他一边说着"咦？这个好难啊"，一边挥舞鼓棒，不知怎么地，敲得还不错。于是这时有人说，下次大家一起进录音室吧。那天，健二慌忙地赶去一家乐器店，站着读了教程书，然后自己在家里反复练习基本模式。

过了一段时间，当同学把玩乐器的这群人单独召集到一起，走进录音室时，不知是谁提议组建一支乐队。当时，健二演奏的X的 *WEEK END* 完全不是什么能入流的东西。但是，一起进录音室的音乐内行指出了他在击鼓时的细微错误，这让自尊心很强的他干劲倍增。

健二除了看漫画之外没有其他任何爱好，因此，他对乐队的事极其热衷。关系很好的一位朋友担任贝斯手，然后这个朋友弹吉他，那个朋友当主唱，乐队成员就这样临阵磨枪式地凑齐了。

他们的目标是高一的文化节。健二开始练习打鼓。因为买不起昂贵的架子鼓，就只买了踏板，然后用绳子把《周刊少年 MAGAZINE》等厚厚的杂志卷起来，做成"低音鼓"。健二每天都在自己的房间里敲"鼓"，把桌子的抽屉当作小军鼓或铜钹。

乐队的练习顺利进行。他们决定要在文化节上演奏LUNA SEA[①]和X的作品，因此，每周会在700日元每小时的录音室里卖力地塑造乐队的形象。就这样，起初不入流的演奏也渐渐开始有模有样起来。

5月文化节当天，麻布中学聚集了很多人。麻布的学生自不必说，还能看到其他学校的学生和家长，以及准备参加初中入学考试的小学生和他们的父母。现场有炒面、可丽饼、章鱼小丸子等临时小吃摊位，中庭搭建的舞台上正在举办名为"麻布小姐"的著名女装大赛。在教室里，OB[②]策划了联谊速配游戏"Feeling Couple"[③]，射箭部也有让公众体验射箭的环节。

健二在把讲台改造成舞台的教室里，面对着50多名观众敲着鼓。演奏一开始，观众、隔壁教室的学生、走廊上的行人都大吃一惊。和其他乐队相比，健二敲鼓的声音特别大。

尽管乐队活动才一点点慢慢开始，但在演奏LUNA SEA和X的歌曲时，健二感到一直以来的压力一扫而空。

"鼓打得真好啊。"

在歌曲间隙的嘈杂声中，他听到了观众对自己的夸奖。

健二已经很久没有感受到人们的目光了。他太高兴了，

[①] LUNA SEA是日本视觉系摇滚乐队鼻祖之一，成立于1989年。
[②] OB是日本人制造的"日式英文"，即Old Boy，指同校或者同公司毕业的男性前辈。
[③] Feeling Couple常被用于日本的联谊和文化节等活动中，发祥于朝日电视台播放的人气综艺节目《求婚大作战》中进行的"Feeling Couple 5对5"环节。简单地说，游戏中5男5女面对面坐着，在自我介绍和互相提问后，选择自己认为不错的异性。然后，电子显示桌显示结果，如有一男一女选择了对方，则组成一对两情相悦的情侣。

于是在曲子里加入了计划外的鼓点。乐队在1个小时内演奏了12首歌曲。在此期间，健二忘记了特应性皮炎的痛苦，专心致志地一直演奏着。

"比后来上场的乐队更出色。"

一位观众在乐队演奏结束后说道。

那时，健二陷入了一种错觉，仿佛自己又回到了小学的时候。他想起了那段日子，那段充满自信的日子，那段一去不复返的日子。他已经很久没有这样的感觉了。

那一刻，健二决定要把自己的一生都献给乐队。那是他在真正意义上与乐队相遇的瞬间。

用力敲鼓的时候，健二从特应性皮炎的痛苦中解脱了出来。这对他来说是一种救赎。特应性皮炎就像让人无法摆脱的冤魂。每当症状减轻，他试图忘记这个病时，皮肤的瘙痒一定会迫使他面对现实。他讨厌看到"特应性皮炎"这几个字或听到这个词。他不愿意承认自己患有特应性皮炎这一事实，也不想让人觉得自己背负着什么特别的东西。

"你也很不容易啊。"

曾经有一次，当健二因瘙痒而表露出难受的样子时，一位同学对他这样说道。那一刻，健二感到一种说不出的愤怒。

"有什么不容易啊！！欸！"

他气势汹汹地回应了一句，然后冲出了教室。

但是，当他打鼓的时候，"特应性皮炎"这个词就会从他的脑海中消失。

开始打鼓后，健二意识到自己以前的生活根本没有什么意义。上了高中之后,他基本上是临阵磨枪拿到及格的分数,对学习完全失去了兴趣。正因为如此,乐队成了他生活的意义,而且,上学也不再是一件痛苦的事情了。上课时他只想着鼓的事:"我该怎么敲呢?"一到休息时间,他就看漫画,和朋友聊一些荤段子,然后去找乐队成员商量练习日期等事情。

"你的鼓也打得一天比一天好啊。"

听乐队成员这么一说,健二觉得作为个体的自己得以确立了。

敲鼓的时候,健二感到非常幸福。原本,特应性皮炎患者一出汗身体就会发痒,所以通常不能进行体育运动。然而,健二拼命敲鼓时,汗水流得他浑身湿透,他反而不觉得痒了。

住院期间,健二躺在病床上,问自己:"我是为了什么而来到这个世上的?难道我就要这样死去吗?"他当时没有活着的感觉。但是,鼓让他毫无理由地感觉"快乐!!",感觉自己还活着。

——然而,这样的幸福时光将在大约一年后落幕。

文化节结束后,其他乐队都解散了,只有健二的乐队依然活跃着。在此期间,他们不再演奏他人的作品,开始制作自己的原创歌曲,在东京都内的 Livehouse 演出,甚至在 HOT WAVE[①] 大赛中,获得了约一千支乐队中排名第

[①] HOT WAVE 即"热浪音乐节",全称为"横滨高中 HOT WAVE",是 1981 年至 1998 年期间在日本横滨市举行的乐队比赛。全国各地的高中生乐队都在这个由高中生组织并为高中生服务的音乐节上表演,被称为"音乐的甲子园"。

五十几的好成绩。但最终，乐队还是在他升入高中二年级后不久解散了。

"上了高中，碰头和练习什么的都不能随心所欲，差不多该放弃了吧？"

当时，成员中认真考虑过要成为职业音乐人的只有健二和吉他手。他们两人说出了"退学"之类的话，其他成员大概是为了从中途退学这一从未考虑过的选项中抽身，解散了乐队。

之后，虽然健二试图寻找新成员继续开展乐队活动，但高二11月的现场演奏结束后，乐队就像半自然消亡似的消失了。

健二并没有想过放弃打鼓，但因为临近高考，所以他决定暂时离开音乐。在这段时间里，他至多也就偶尔即兴表演一下。比如，在原本不允许高三学生参加的文化节上，他和就地临时组合的成员一起进行了游击式演奏，当时旁边正在跳民间舞蹈。

"那我从今天开始好好学习，干脆去东大这类学校吧。"

乐队解散后，他这样暗自下定决心，但怎么也无法进入状态。

除了周末勉强坚持的小提琴课之外，再也没有接触过乐器。虽然他已经决定"进了大学后要组乐队"，但心里仿佛突然裂开了一道口子。他开始每天叹息："马上就要高考了啊……"等回过神来，他发现自己又像很久以前那样总是只想着漫画的发售日。

然后，高中生活的最后一次文化节结束的时候，严重的特应性皮炎又来了。伤口一旦形成就再也无法愈合。而且，伤口一天比一天大，最后T恤的上臂部分都染上了脓包的颜色。有时身上需要缠上绷带，健二开始感到很郁闷。看来特应性皮炎在他失去作为心灵依靠的"某种东西"的时候，就会像蚕食虚弱的内脏的寄生虫一样，在他的身体里到处乱爬。他希望有个什么能让自己全神贯注去做的事情。但在高三这个微妙的年级，组建乐队是很困难的。

那年夏天，宫崎骏的动画电影《幽灵公主》上映了。

健二原本就喜欢宫崎骏的动画，在看到公映前的宣传活动和电视广告"《风之谷》上映13年以来，久违的动作大片！！"之后，他决定一定要去看看这部新片。

影片一上映，身上到处缠着绷带的健二就这样去了电影院。他觉得《幽灵公主》并没有像自己期待的那样有趣。但是，当故事中的一个全身被孽病侵蚀的角色对主人公阿席达卡说话时，健二突然受到了强烈的冲击。不知不觉间，他的眼泪溢出来，啪嗒啪嗒地流过脸颊。

"年轻人，我也是受诅咒之身，所以非常理解你的愤怒和悲伤……"

银幕里，就连脸部都缠满绷带的木乃伊般的男人躺在病床上痛苦地说道。

"活着真是肉体和精神的双重痛苦。诅咒世界，诅咒他人，即便如此我依然想活下去……"

男人一边发出咆哮般的咳嗽声，一边拼命地继续对阿席达卡说着，仿佛自己马上就要消失了。

就在这一瞬间，健二内心积压的东西涌了出来，就像被注入容器里的水溢了出来一样。起初，他对影片刚开始时频繁出现的"诅咒"一词感到不适，但听到这个缠着绷带的男人的台词，他理解了。健二想："这个人和阿席达卡一样受到了诅咒，然后他的人生也将在诅咒中结束。"

"我不也一样吗？我也受到了诅咒。我明明不过是和别人一样生活着而已。难道我不应该是天才吗？"

"接下来怎么办？要不要去看个电影什么的？"

高三第三学期的开学典礼结束后，当健二对朋友们这么说的时候，大家都畏畏缩缩地回答："接下来要提前去看一下中心考试①的考场……"

健二对大学几乎不感兴趣，虽然想过要参加入学考试，但没有真正想要去上大学的感觉。升入高三后，周围有不少同学都开始紧张起来，但他觉得这和自己没有任何关系。

课堂上，同学们还是一如既往地喧闹。然而，朋友之间的话题却变成了备考学习。以前上课听讲的同学为了应试，开始边上课边学习别的东西。还有些同学会在上课时间去图书馆。健二远远地看着他们，心想："哎哟，都给我考去东大。"

在麻布，说起"大学"，被大家认可的首先是东京大学、京都大学和一桥大学，接着是早稻田大学和庆应义塾大学。健二不愿意为了中心考试学习很多科目，所以决定

---

① 中心考试全称为"大学入试中心考试"，是由日本独立行政法人大学入试中心举办的大学入学考试。在日本，通常国立大学和公立大学都要求报考者参加该考试，部分私立大学也有此要求。

去私立学校。父母看到他因特应性皮炎而痛苦不堪,也没怎么唠叨他"好好学习"。健二考虑是去早稻田还是庆应。

"早稻田是发展兴趣爱好的地方,庆应是和女人玩的地方。"

健二单纯地这么认为。

他早已决定如果上了大学,就一定要组建乐队,所以选择报考早稻田。他没怎么学习,只是在早晚的电车上背英语单词、英语成语、古语单词,除此之外什么也没做。参加初中入学考试的时候,他觉得"这些家伙全都是笨蛋",但现在,周围的人看起来都是天才。看到那些能顺利解答刁钻的世界史难题的同学,他才意识到自己是多么的不用功。

中心考试结束后的一个月,健二也开始认真学习了。除人类科学院之外的早稻田的7个文科学院的入学考试,他都参加了。他一点也没有紧张。

"如果没考上的话,我就一边当飞特族一边组乐队吧。"

健二心里这么打算着。

即使考上了大学,他也决定要过以乐队为中心的生活。

时间来到了第二年的12月。健二打电话给兼职的回转寿司连锁店。

"那个,我是成田,我要辞掉这份兼职。"

"欸?这么突然,我这可为难呢。"

"对不起,因为我身体有点不舒服……"

健二最终只通过了第二文学院的考试。尽管如此,他还是非常高兴,因为自己几乎没怎么学习。

之后,他继续着一边打工一边参加乐队活动的生活。因为大学的课程在晚上,所以他每周有4天在寿司店打工,每天从早上10点到下午4点。但是,他厌倦了工作上的人际关系,决定辞职。接下来,他决定在深夜的便利店打工。

乐队这边也说不上是进展顺利。成员当中有些在音乐爱好与性格上都与健二不合的人。他最初加入的乐队是一支重金属乐队,当时在录音室和乐器店招募鼓手。后来加入进来的健二没有进行歌曲创作,只是负责一个劲地打鼓。在现场演奏了几次之后,几乎在他辞去寿司店兼职的同时,乐队解散了。

不管是打工还是乐队,与一度成为好友的人分别是件痛苦的事。例如,寿司店的同事都是好人,只有一个手艺人把健二视作眼中钉。那个师傅唯独不允许健二偷嘴吃寿司。

"你在吃什么啊!!可别小瞧了这份工作!"

对方会这么说着纠缠健二。在不断受到这般对待的过程中,健二开始抱有强烈的想法:"我不想进公司。"

在乐队里,他和贝斯手相处得很好。但是,与主唱、吉他手之间的人际关系始终不尽如人意。

"我无法与合不来的人长久地待在一个乐队里。"

健二退出了那支乐队。

虽然经历过好几次小挫折,但健二并没有就此消沉。相反,他没有失去积极的态度,决心一步一步稳妥地爬上楼梯。坚持只做自己想做的事,让他获得了极大的充实感。

健二是在上大学德语课时结识下一个乐队成员的。他当时和其中一个学生聊了聊，结果发现对方是个吉他手，和自己的音乐爱好出奇地一致。当天他们就一起去喝了酒。

　　"那么，改天我们来组个乐队吧。"

　　健二这么一说，吉他手也来了兴致。

　　成员们就像被磁铁吸住的铁矿砂一样聚到了一起。吉他手带来了主唱。健二辞去便利店的工作，在下一家餐饮店打工时，偶然遇到的一位同事是贝斯手，他表示对乐队感兴趣。

　　这些邂逅恐怕并非偶然。想认真做音乐的人身边就会有同样想做音乐的人聚过来。因为他们会眼观六路，耳听八方，捕捉有用的信息。

　　只为乐队而活的状态让健二感觉舒服。当自己创作的歌曲在乐队演奏并慢慢成形的时候，他感到了幸福。想到这些，就觉得自己每天早上9点起床，打工到下午4点，然后去上大学的生活根本算不了什么。

　　打工期间，健二在脑子里打鼓，上课时也打鼓。他把自己的生活全部献给了乐队，为音乐而工作，为音乐而吃饭，为音乐而与人交谈。他决定把音乐人这个词作为现在时来对待，而不是将来时。也就是说，自己已经是一名音乐人了。

　　有时，那个让自己痛苦的特应性皮炎的事会掠过健二的脑海。即便现在，一旦过度劳累，比如连续熬夜等，有时也会出现症状。因此，他在深夜便利店的兼职并没有持续太久。不过，对此他想到的是，就连让自己在医院里多次想到"死"的那种地狱般的特应性皮炎也随着时间的推移治愈了。这一现实经验让他有了一种积极的态度,觉得"总会有办法的!"。即使乐队发展不顺利,即使自己的人生有一天穷途末路。

"如果是为了音乐,就算一直靠父母养活我也愿意。让我就这样一点一点地前进吧!"

健二一点也不着急。他打算大学毕业后成为一名飞特族,然后继续开展乐队活动。

第四章 寻求朋友圈

——快乐的飞特族生活

我的手机发出了振动。

"我刚到,你在哪儿?"

尽管我们从未见过面,但他的声音里却透着融洽的气氛。

"我在派出所门口。"

说完,我便挂断了电话。

不一会儿,在摩肩接踵的新宿街头,身穿牛角扣大衣的大黑绚一从熙熙攘攘的人潮之中浮现了出来。他看上去有一米八的身高,及耳的头发染成了浅茶色。

就像在电话里一样,他在采访中说话也非常爽朗。

"我从来没有接受过采访,该说些什么呢?"

一问才知道,他是1979年生的,与我同岁。于是,他说道:

"什么嘛,原来是同龄人啊。那我们用朋友之间的说话方式就好啦,随便一点。"

说着他欣然地笑了。

"我高中的时候还真的挺阴郁的呢,觉得自己那时浪费了很多时间。"

现在的大黑身上完全感觉不到那种"阴郁"的印象。他的言谈举止活泼开朗,充满魅力,自然而然地吸引着他人。从他口中说出的经历听起来滑稽有趣,尽管对他本人来说,那却是心灵深处的重创。

大黑出生并成长于栃木县茂木町①,是茂木赛道(Twin Ring Motegi)的所在地。"总之,那里到处是山。山、川,还有稻田吧。"正如他所说的那样,那里充满了可以让当地孩子尽情奔跑玩耍的大自然。在那片土地上,他和弟弟由母亲一手带大。母亲在兄弟俩上小学后不久再婚,此后他们便成了四口之家。

"我家住的地方虽然离市中心很近,但稍远一点就只有山了。朋友们都在大自然中玩耍,还会去后山玩探险游戏。"

大黑的语气中有一种和"朋友们"划定界限的意味,因为他总是独自一人在远处眺望着那群山野中奔跑的孩子们。

确实,他有时也和"朋友们"一起去后山玩。但上小学时,大黑主要的玩耍地不在"外面",而是在"家里"。当大家在大自然中奔跑时,他在"家里"玩电子游戏。

---

① 町是日本行政区划名称,行政等级同市、村,是第一级区划(都道府县)的次分区。町的面积小于市,略大于村。

"我弟弟的运动神经发达，性格也开朗，和我的性格正好相反，所以他挺好的，好像朋友也挺多。虽然他学习不好，但给人的感觉就是所谓的现如今的孩子吧。可我那时很阴郁，不怎么出去玩，朋友也很少。"

说起大黑上小学低年级的时候，我自己就和他同龄，那时正是任天堂的红白机刚开始发售不久。

大黑得到红白机只不过是一次偶然，既不是央求父母买的，也不是攒零花钱买的。小学二年级时，他家附近有一家大型家电量贩店进驻，举办了开业促销活动。活动之一是"用5日元就能买到红白机"的抽奖活动。不知大黑是带着怎样的表情抽签的？他成功地抽中了，用一枚5日元硬币就买下了一台对小学生来说贵得吓人的红白机。对于原本就很少在外面玩耍，放学回家后总是待在家里无所事事的他来说，这台红白机自然成了一件闪闪发光的宝物。买了红白机卡带《忍者茶茶丸》和《头脑战舰》之后，大黑开始整天沉迷于游戏。

大黑在游戏上花费的时间非常多。从小学二年级开始接触红白机到专科学校毕业，只要有空闲时间，他就会一直玩游戏。

例如，即使第二天不是周末，要去上学，他也会熬夜打游戏。甚至第二天早上还会早起打开红白机的开关。据说在初中和高中组织去修学旅行的途中，大家都很兴奋地吵嚷着，而大黑却想要早点回家玩游戏。一到星期天，那真叫整天都泡在游戏里。

"我不太喜欢和家人说话。"

他说道。

上小学后不久,母亲再婚了。从那时起,他就有了"大黑"这个姓氏。这个姓氏不读作"Oguro",而读作"Daikoku"①。

"起初我们相处得很好,我觉得他是自己的新爸爸。但渐渐地,我开始觉得他是个外人。所以,从初中开始,我就完全不跟他说话了。这也是因为那个时候我正值青春期吧。不过,我爸又喝酒又抽烟,有一次还因为酒精中毒住进了医院。他们夫妻也经常吵架,还会动手。那种时候,我就在想,明明不是我的亲生父亲,为什么要打我妈妈?"

大黑在中学的时候,是家里最早回家的人。回到空无一人的家里,他会立刻打开红白机。之后到家的是弟弟,晚上7点刚过,在同一家公司上班的父母也会回来。

大黑在自己房间里玩游戏时,能清楚地听到从客厅传来父母的声音。有时,他觉得他们的说话声音越来越大,最后还会出现互相怒吼般的吵架声。

"又来了啊,都给我别吵啦!"

这种时候,大黑会一边玩游戏一边这么想。

或许他有一种想要保护母亲的强烈愿望。虽然只有短短几年时间,但在自己成长的关键时期,由母亲独自拉扯大的大黑渐渐开始讨厌起这个新父亲。他一点儿都不想踏进父亲泡完澡后的浴缸里泡澡。据说父亲因酗酒住院的时候,他打从心底觉得"真丢人"。而且,他还极其讨厌洗好

---

① 日文汉字的读音分为训读和音读两种,"大黑"二字按训读的读音为"Oguro",按音读的读音为"Daikoku"。

晾在客厅里的运动衫上沾染的烟味。

"大黑，臭死了。"

大黑去上学时，对于他运动衫上沾上的烟味，朋友这样说道。每次他都不得不解释："不是我啦！"

在这样的情况下，大黑能尽情享受的个人自由时间是早晨上学前的那段时间。父母都要工作，早上比他更早出门去上班。虽然弟弟还在家，但最后离开家的一定是大黑。就算他一大早就开始玩游戏，也没有人说他。

因此，升入初中之后，大黑经常迟到。有一天，他到学校时发现一个人都没有，他才想起那天第一节课是技术课，原来大家都在计算机房。实际上，诸如此类的事情经常发生。大黑成绩也不算好，有几次母亲看不下去了，便把红白机的适配器藏了起来。

就这样，大黑不久迎来了被称为青春期的多愁善感的年龄。

在此之前，能玩游戏，而且能和几个朋友聊游戏，这样的生活对他来说还算安然自得。然而，上高中后不久，大黑开始被一种难以言喻的孤独感折磨。

"高中时期吧？高一的时候，我还是个很普通的高中生，也有朋友。但到了高二以后，我和大家的关系就变差了。"

大黑这样描述自己高中时代。不过，事实上似乎并不是他"和大家的关系就变差了"，而是不知同学还是大黑一边渐渐地不再进行对话交流了。

"当时真的很阴郁，又没有朋友。高中一点儿都不开心，也很无聊。因为我不擅长社交，高中的时候根本就不说话。"

说到这里，他苦涩地叹了口气。

他进入那所高中是因为"离家近"。高一的时候，喜欢玩游戏的他还有一些聊得来的朋友，但到了高二就没有一个朋友和他同班了。曾和他同班的只有一个男生，不过大黑和那个男生没怎么说过话。其他同学从一开始就和高一时的朋友聚在一起，早早地形成了群体壁垒。性格内向的大黑无论如何也无法加入到那些圈子里。

一个个学年过去，不知不觉间，同学们的兴趣转移到了荤段子和女孩子的话题上。当时，他很不擅长这样的对话，即使有心仪的女生，只要稍微和对方搭上几句话，他就会满脸通红。因此，他无奈地只能远离同学们愉快交谈的那个圈子。大黑从高二到毕业都没有交到一个好朋友。

"能不能快点给我结束啊，真烦！这些家伙净说些无聊的话，白痴吗？！"

大黑在学校的时候，一直在想这些。

他对课程也毫无兴趣。每次拿到下发的上课资料，他都会立刻把它翻转过来，在背面画画。画完后就觉得无事可做闲得慌，于是又呆呆地望着窗外。

大黑讨厌休息时间。如果是课间短暂的休息时间，那么坐在椅子上不动就好了，但如果是很长的午休时间，就不能这样了。一到午休时间，大黑就一个人走向凉爽的图书室。在那里他也不看书，只是像课间休息时一样，坐在椅子上一动不动。

"我是不是交不到朋友呢？"

大黑呆坐着的时候经常思考这个问题。他想，既然自己不会再转班了，那么有没有什么契机能和同学们成为好朋友呢？不过，怎样才能打破同学们的群体壁垒呢……大黑找不到任何答案。话虽如此，但他也绝对不愿意谦恭地去说一些自己不想说的话。

唯一一个高一和自己同班的那个男生不知不觉交到了朋友。原以为没有聊天对象的大黑会羡慕地看着这样的男同学，结果他却下定决心要继续孤高下去，"那种事我可做不到，竟然对那种家伙低声下气地讨好奉承"。

"要像个高中生的样子！"他对自己说。

虽然他瞧不起周围的人，说他们是"无聊的家伙"，但还是很羡慕他们。大黑想着锻炼一下身体也不错，于是，他在学校后山挥舞着修学旅行时买的玩具刀。"哈！"的一声，鼓劲声响彻后山，之后便只剩下空虚。结果，直到高中毕业，大黑连一个可谓朋友的朋友都没有交到。

高中时代的他之所以能够勉强维系自己那快要崩溃的内心，还是因为玩游戏在他的生活中占据了很大的位置。从无聊的高中校园急匆匆地回到家之后，他几乎每天都在玩游戏，角色扮演游戏尤其是他的最爱。

"游戏教会了我很多人生道理。"大黑对我说道。

游戏中的人物或许就是他在高中时无论如何也无法交到的"朋友"。玩游戏给他带来的安慰是无法估量的。在孤独的大海中央快要溺水的时候，他拼命地抓住了游戏这根救命稻草不放。

除了玩游戏，大黑还有另一个爱好，那就是画漫画。

在抽奖活动中赢得红白机的同时，他开始画起漫画，还曾一度想过要当漫画家。不过，他的绘画水平一直没有丝毫进步，因此放弃了。但另一方面，和游戏一样，画漫画也成了他治愈孤独的一种方式。

高中时期，大黑总是以自己为主人公来创作漫画。因为他可以在作品中抹去现实中阴郁、不受欢迎的那个自己。通过这样的方式，他试图在漫画中让自己活在憧憬的世界和期待的未来里，他想要消除想象中的自己和现实中的自己之间的差距。他在漫画中把主人公"大黑"刻画得非常帅气，并把他设定为体育运动样样都行且性格开朗的青年。他的同学们则以实名登场，拜倒在人气王大黑脚下。

有一天，高中举行了一场体育比赛。在漫画世界的体育比赛中，大黑理所当然地大显身手，但在现实当中并非如此。就连踢足球，他也被安排踢后卫，无法得分，防守又做得很差。这种时候，大黑常常分不清漫画世界和现实世界的区别。他开始着急了。

"不应该是这样的，我应该能做得更好的。"

然而，现实世界中的大黑并不是一位全能运动员。

"哦，对了，这不一样。"

每当他意识到这一点时，内心总是会被寂寞侵袭。

他决意要来东京，是在即将高中毕业之前。

大黑从小学开始就非常喜欢游戏，而随着知识的增加，他开始思考游戏系统和画面角度的问题。他的视角从接收方转向了制作方。上高中后,他开始有了"想要自己制作游戏"的念头。在高中快结束的时候,他参加了大型游戏公司主办的选拔,在笔记本上胡乱地写了一些所谓的计划,并把这份完全无视计划书格式的"计划"寄了出去。这是他的一次尝试,为了把"如果是我的话,会这样做"的提案变成具体的形式。

就这样,毕业的日子一天天临近。尽管他很想上大学,但是由于讨厌学习而难以决定升学的方向。当他还在犹豫不决时,周围的同学已经各随己愿地陆续选择了自己的未来,或是就业,或是继续深造。在这样的情况下,当他不耐烦地翻阅一本电子游戏杂志时,看到了一则培养游戏制作者的专科学校的广告。这所学校没有入学考试,只需提交申请书就行,所以他当即就决定"要去这里"。

来到东京后,他进入位于高田马场的专科学校就学,在学校的介绍下,他住进了涩谷的公寓。

当然,担心也是有的。以前,他从来没有做过饭,也没有洗过衣服,更别说自己还是个乡下佬。这种意识让他产生了一个疑问:"我真的能努力坚持下去吗?"但另一方面,独自生活让大黑有一种预感:自己即将过上梦寐以求的如蜜一般的生活。

"刚来到东京的时候,我很开心。要一个人生活啦,一个人自由自在的。更不用说,要去上的还是游戏学校,可以泡在我超喜欢的游戏里生活了。不用学习也不用做任何事,钱的话家里会寄给我。这不是想做什么就能做什么了吗!"

在专科学校里，大黑开始成为游戏制作人的学习。原本他就认为自己唯一的长处是打游戏，因此，游戏相关的学习不可能是痛苦的。相反，对大黑来说，就连专科学校的课程也跟在玩游戏一样。

当他在学校学习计划书的写法等内容时，才意识到自己在高中时应征的计划书是多么不合规矩。授课的教师当中也有以前在游戏业界工作过的人。为了入职游戏公司，大黑非常认真地听讲。他上学也不迟到了，回家就开始打游戏。除了喜欢的游戏，他什么也不想。

大约在这个时候，大黑开始在东京的一家便利店打工。他一边想着"希望尽量找个看起来不会那么忙的地方"，一边找到了这第一份兼职。

被录用之后，他几乎每天都在工作。

经过大约两周，他逐渐适应了这份兼职。在努力为顾客服务、摆放货物的过程中，他逐步树立起了自信，相信自己也能成为社会中的一员，很好地走下去。

然而，有一天发生了这样的事情。

便利店里有四五名顾客站在书架前阅读，收银台交给了另一名店员负责，而大黑正在摆放果汁。此时，一名带着孩子的老太太走进了店里。

"欢迎光临——"

大黑刚说完这句，只见那孩子发出"哇"的一声，开始在点心柜台附近嬉闹。平时安静的店内瞬间变得喧闹起来。

在大黑看来，这也不过是日常生活的一部分而已。他虽然觉得"真吵",却没怎么在意。干这份兼职才短短两周,但他偶尔会遇到喧闹的顾客。

不过,看着那孩子太过吵闹,他开始想,这样会不会打扰到其他顾客?于是,他环顾店内,发现书架前的顾客看上去都是一脸厌烦的表情。有人甚至"切"地咂了咂嘴。一开始,大黑想放任不管,但作为监护人的老太太说了句"给我安静点",孩子却还是不老实,看在眼里的他确实有点担心起来。

与此同时,想到看似受到搅扰的其他顾客和店里的情况,一种莫名的使命感涌上了大黑的心头。

"我必须要出面了,作为店员必须想想办法!"

于是,大黑为了让吵闹的孩子安静下来,快步走向了老太太。

"不好意思,这样会打扰到其他顾客,请您让孩子安静一下,好吗?"

他觉得自己说得挺温和的。

但是,老太太却怔住了,露出一副难以置信的表情,狠狠地瞪着大黑。一旁的孩子也老实了。然后,两人便一言不发地离开了。

第二天,大黑就被便利店炒了鱿鱼。

据说老太太趁大黑不在的时候来过店里。大黑一问才知道,她哭着把昨天的事告诉了店长。

"大黑,你这样让我很为难啊,因为这会影响店铺的声誉。能不能别这么说?你不必再来店里了。"

他带着"今天打工也要加油"的积极态度走进店里,

店长却用手指推了推眼镜，对他说了上面这番话。

他的第一份兼职就这么简简单单地结束了——就在他觉得自己也能走上社会，为此而高兴得不得了的时候。他受到的打击是双重的。

即使不打工，拿着家里给的15万日元生活补贴，也足够他生活。但是，或许是被打上了不适合社会的烙印的那种心情一直笼罩着他，直到从专科学校毕业，搬离涩谷月租6万日元的公寓，他就像背负着心灵创伤一样，没有再打工。或许，更为正确的说法是，他无法再打工。

大黑就读的专科学校有"一年制"和"两年制"两种课程，他选择的是"一年制"。自从入学，他每天都认真地坚持独自学习。但是，在一半课程结束的时候，大黑逐渐觉得自己无法成为一名"游戏制作人"了。

例如，在提交游戏软件计划书的作业中，他想出来的计划书根本得不到好成绩。另一方面，他周围也有几位才华出众的同学，这让他深刻意识到自己天赋的不足。然而，即使是这些看似才华横溢的学生，真正能成为游戏制作人的也是凤毛麟角。当这个事实摆在眼前时，大黑大受打击。

"那么，比他们更差的我到底算什么？"

一想到这里，他就很受伤。

这是一种挫折。他一直认为自己在游戏方面有才能。一直以来他都与游戏相伴。游戏时而拯救他，时而让他思考，时而教导他。但是，当他来到东京，投身于只有游戏的世界时，才意识到自己是井底之蛙。

另外，他在专科学校了解到了自己一直憧憬的游戏制作人这一职业的本质，这也是他放弃的理由之一。在大黑的想象中，那是一份"在干净的办公室里帅气地努力制作游戏"的职业。然而，从讲师那里听说内幕之后，他发现制作游戏的公司似乎也并不只有好的一面。有时他们也会挖走优秀人才，但不管怎样，这是份需要连续熬夜的工作。工作环境并不是"干净的办公室"之类的高雅之处，而是看上去杂乱无章的那种地方。干净的形象彻底地被打破，取而代之的是满身汗臭、看上去脏兮兮的泥泞不堪的形象。

就在这样的时候，有一次大黑正在课堂上以"未来的高田马场"为主题制作拼贴画，突然有人跟他搭话："真厉害，画得真好！"

大黑一看，原来是选了同一门课的同学T君。一开始，T君过于亲昵的态度让他有些介意。但从那以后，T和大黑开始经常聊天。对于一直在孤独中学习的大黑来说，这是一次重大的邂逅。

T君把自己的朋友介绍给了大黑。之后，他就像要洗掉过去因孤独而沾染的污垢一样，和新结交的朋友拼命地出去玩。

"我以前从来没有和朋友一起玩过。所以，和他们一起玩让我觉得更有意思。我很感谢那个朋友。"

大黑说："要是没有他们，就没有现在的我。"高中时期没有朋友的他，如今交到了很多朋友。再加上驱散了只身一人从枥木来到东京的孤独感，一种被拯救了的幸福感深深地烙在了他的心里。

进了专科学校之后，他也一直是一个人。但后来，他眼看着自己的世界开始不断发生变化。他逃课去唱卡拉OK；尽管很少下雪，但只要会积雪，就去打雪仗；他甚至还主动找女生搭讪。所有这些都是第一次，如此令人兴奋。和新认识的朋友一起玩让他感受到了前所未有的快乐。

"去不去卡拉OK？"最让他开心的就是他们约他时随意轻松的态度。以前他从来没有像这样被邀请过。他感觉自己被当作了真正的朋友，作为一个人，获得了认可。老家的人绝对不会这样对待他。

大黑曾认为，高中时即使交到了朋友，也不知道周围人是如何评价自己的，说不定会有人在背后说"他是个阴郁的家伙"。但在东京，他完全没有必要考虑这些，因为没有人知道过去的自己。这一点让他高兴得不得了。

"一直以来，我都只是从边缘看着朋友们的那个圈子，而如今自己却身在圈子里了。"

从远处眺望时，大黑觉得他们"很无聊"，但进入圈子一看，风景似乎完全变了。当他意识到自己也可以像一般的年轻人一样享受"一起去喝酒，一起去吃饭"这样平常的事情时，就觉得自己之前只是在虚度光阴。

"早知道会这么开心，我当初就应该和大家更好地相处才对！"

那阵子，当他和朋友制订去玩的计划，连课也不怎么去上的时候，他意识到游戏对自己来说已经变得无关紧要了。他当时觉得，朋友比制作游戏重要得多。在这段时间里，大黑觉得自己好像得到了"解放"。

"我一直以为人生会更加沉重，但是朋友中也有人认为'只要开心不就好了嘛'，想想也的确有道理。也许是因为我独处的时间多，所以会凭借个人的思考给社会下定义，在内心里想象社会的样子。"

大黑修完一年制的课程后，决定成为一名飞特族。

"因为我还年轻，游戏的事还不用着急。而且，我也还没有女朋友。"

他这样想着。这种心理活动最终变成了"不用着急找工作，因为我还年轻，也还有很多时间"的想法。

他之所以能够舍弃沉浸了十多年的世界，不再觉得那是生活中的唯一，是因为在专科学校里遇到的人改变了他。对有了朋友的他来说，就连脱离了曾经如此重要的游戏世界，也并不是太大的伤害。

他不再是一个人了。

在从专科学校毕业的前夕，大黑和学校的老师以及朋友们一起去高田马场吃了烤肉。在回来的路上，大黑在车站附近被劝进了英语会话学校。他太久没被女孩子搭讪了，所以很高兴，不知不觉就跟跟跄跄地在推销女子的催促下跟着走了。跟随那名女子去了之后，他喜欢上了在独立房间里给自己讲解的另一名女性。后来他打电话给父母，说"想学英语会话"，让父母帮他交了两年的课程学费约100万日元。

"话虽如此，但总不能说是因为那个理由想进去的吧。最初的目标是一年内完成专科学校的学业，毕业之后去游戏公司，但是经历了很多波折，最后决定去英语会话的小姐姐那里。"

说着，他天真地笑了。

在那之后的一年里，尽管当初的动机未必算得上正经，大黑还是认真地坚持去上培训课。虽然是为了见那位女职员的那种认真，但不管怎么说，他还是用功地学习了英语会话。

他的会话水平在一点一点地得到提升，班级层次比入学时提高了两个等级。就在这时，在《朝日新闻》的招聘信息栏里，他看到了这样一个标题："根据你的能力，周薪可达10万日元以上"。那是新宿的一家企业招聘广告，其卖点是"发挥英语特长的业务"。大黑觉得在这家企业的话，自己的英语会话能力就不会白费，于是决定去面试。

"那时候我也没在打工，不过想着自己都快20岁了，依靠父母也不太合适，所以就觉得这份工作还挺好的。"

大黑一边这么想着，一边鼓起勇气去面试的时候，在下面仰望公司的大楼，傻乎乎地说："这就是我将要工作的地方啊"。然而……

"真令人感到窒息啊。"

这是他在面试当天看到新宿西口那栋大楼里的一个房间时的第一感觉。一眼望去，这个比学校教室还略小的房间似乎只能容纳二三十人，但里面却满满地挤了40个人。

"我还是第一次参加公司的面试呢。"

起初，大黑试着向旁边的年轻男子搭话，但对方反应很冷淡："啊，是嘛。"

不久，面试之前的公司介绍环节开始了，一名女性走进房间，她戴着一条看似非常昂贵的项链，一副"我是职业女性"的样子。这名女性好像就是负责人。然后，她给所有人分发了资料。其中有一项是"你期望的月收入是多少？"大黑心想："多少都可以吗？"于是，他填了"100万日元"。

台上的女负责人开始边开玩笑边说：

"一开始分发给大家的资料的期望收入那栏，我写了100万日元……"

真巧，她说出的数字和大黑填写的数字相同。大黑摆出一副想要认真听的架势。

"当我真正做了这份工作之后，才发现很辛苦。我原以为自己有可能拿到100万日元，但后来意识到这是不可能的。"

她一边继续说着，一边面向大家扭了扭身子。于是，会场里爆发出笑声。

为了不漏听对方说的话，大黑非常认真，但他不知道发生了什么情况，于是反而很气愤："我明明在认真听你介绍，而你这是什么态度嘛！"而且，即使听了介绍，他也还是无法真正看清公司的全貌，总觉得有点骗人的味道。

负责人还在继续介绍，笑声也应声而起。但是，大黑却不明白这些话有什么好笑的。周围的求职者为什么会对这种无聊的话题放声大笑，而且还在做笔记？他这么想着，唯有失望不满。

"你们这不是在应付吗？其实明明不想做笔记。"

大黑觉得真是扫兴，在这被塞得水泄不通的室内感到非常难受。他瞥了一眼旁边，发现是一位中年女性。她正一边点头一边认真地听着介绍。拼命做笔记的人们，不时涌起的笑声，以及对这些感到不愉快的自己。说不定没有笑的只有大黑。

他心想："这是一家什么公司……气氛真是奇怪。"

这个挤满了人的教室里，空气也开始变得稀薄起来，简直令人窒息。

在介绍的过程中，大黑一直在心里嘀咕着各种事情，直到这时才第一次开口：

"那个，不好意思，空气有点稀薄，可以打开一下窗户吗？"

大黑自信地认为其他人也应该有着和自己同样的想法。他觉得"这个房间明显需要换气"，于是，很自然地期待着"哦，是嘛，那么能否请靠窗的人帮忙打开一下"这类回复。的确，如果大多数人的意见是一致的，那么按照常理，事情应该就会这样发展。

然而，不知道是负责人没有感觉到什么异样，还是大黑的说话方式和举止有问题，抑或是那个房间的窗户打不开，对方的回答非常冷淡。

"请忍耐一下。"

大黑不清楚其他人实际上是怎么想的，那间屋子里的求职者意见是否一致也不得而知。但对大黑本人来说，房间里令人窒息的气氛实在超出了自己的限度，他无法继续保持沉默。尽管如此，"忍耐一下"到底是什么意思？

"就开下窗，不行吗？"

大黑认为一般来说，人都会老老实实地听从招聘方的话，但他还是不能接受。正因为如此，他才又说了一遍同样的话。然而，这次的回答更让人无法接受。

"忍不下去的话，你可以回去。"

负责人不耐烦地说道。大黑觉得自己好像被告知："只有你一个人退出，也改变不了什么。"

他脑袋发热，在这一刻瞬间超过了沸点。

"什么玩意儿！回去就回去！"

说完，他便离开了那个令人窒息的房间。在没有他的房间里，女负责人应该会若无其事地继续进行介绍。

"那个公司真是白痴！作为公司来说，也许想找忍耐力强的人。这一点我理解。但是，那你就用更大一点的房间啊，也该用心点吧。这都做不到吗？要是那样的话，我才不想在那种地方工作。"

虽然观点有些极端，但怒不可遏的他这么想或许也是没办法的事。因为对大黑来说，所谓的"公司"形象，就是它必须是值得信赖的组织，并且有值得尊敬的上司。

至少，大黑对这家经营"发挥英语特长的业务"的公司并没有产生"信赖"，对上司也是同样。这家公司里是否有魅力十足、能力出众的上司？他认为按理说肯定没有。即使有所谓的"了不起的人"，也一定是论资排辈的"只不过是自以为是的人"。他绝对不愿意听从那种家伙。就算被那种上司骂了，大黑也只会生气，不会说"对不起"。即使说了，也只是让自己的自尊心不断受伤而已。

威风凛凛地厉声怒吼后，大黑走出狭小的房间，发现自己来到了新宿街头。

走在人来人往的街道上，他沉浸在自己的思绪中。当女负责人对自己说"请忍耐一下"时，自己没有听从她的话而是反问了对方，他反复琢磨这件事。

房间里确实令人窒息。他觉得去开窗的做法是正常的。因此，他没能老老实实地顺从对方。但是，如果在这种情况下乖乖顺从，换句话说，如果顺从规则就是适应社会，那么，自己到底算什么？照这么说，违逆了规则的自己难道是脑子有问题？仔细想来，自己至今没有朋友，也没有女朋友。如此说来，自己或许根本不具备作为社会人应有的健全的判断力和社会道德观念……

"这样的话，我到底能不能进入社会呢？我能顺利进公司，好好听上司的话吗？……"

在新宿西口建筑群的一角，他停下脚步坐了下来。看着走在周围的上班族和年轻人，感觉只有自己被淘汰，迷失了方向。

"大家都在走着，在走自己的路。"

对大黑来说，已经无处可去了，他没了目标。他觉得在新宿行走的人们都有自己的目标。他们一定是在朝着目标前进。

他好不容易地站起身来，继续无精打采地走着，与上班族和年轻人多次擦肩而过。他边走边想：

"……我生气之后可能会殴打或者刺伤上司。"

这时，他下定决心："我不会去找工作了。"

"在公司里溜须拍马,说什么性骚扰啦,秃头胖子什么的啦,这样有意思吗?"

他当然从来都没有在公司工作过。但在他的印象中,公司似乎是一个令人无法忍受的地方。进入公司就意味着成为上班族。成为一名上班族,就要每天早起,在拥挤的电车中摇晃;每月一边领着稳定的工资、奖金,一边抱怨公司,向上司低头哈腰;要被统一成同样的颜色,穿类似的衣服。

当然,并不是所有的上班族都是这样。应该也有很多人把工作作为生存的意义,每天都在感受新的刺激当中度过。然而,对大黑来说"上班族"却并非如此。

现在,大黑和通过专科学校的朋友介绍认识的女性住在中野区的一栋公寓里。这栋公寓有点特别,是混凝土建成的像箱子似的建筑。一层是厨房,地下一层是8张榻榻米大小的房间。房租每月要9.2万日元,但据说他在7-11便利店打工的钱和女友在杂货店的工资加在一起足够生活。

他几乎每天都勤勤恳恳地做着上货、接待客人、打扫店内卫生等工作。他可以不定时地轮班,这也是飞特族的优势之一。

"休息的日子,我会出去转转,买衣服、去乐器行,去游戏厅或朋友家玩。我最近买了一个滑板。这个东西很好,可以扩大行动范围,非常适合散步。"

他说现在最想做的事是在现场演奏。在专科学校认识的朋友鼓励他多听音乐。在欣赏的过程中,他也想自己弹奏乐器了，于是买了吉他，一有空就会练习。他喜欢的乐队是 Thee Michelle Gun Elephant 和 Blankey Jet City[①]。谈到音乐时，他的眼睛闪闪发光。

"一开始只是当作兴趣爱好，后来觉得很有趣，就开始认真起来了。后来，我甚至想着要把梦想寄托在这个上面。"

和打游戏、看漫画时一样，他的性格并没有发生改变，始终执着于"现在想做的事"。

"每个人心中应该都有自己的梦想，既然如此，那为什么不去实现呢？人们常说现实和理想是不一样的，但我在想，你真的满足于现实吗？其实你还有更多想去做的事情吧。

"的确，有些时候我觉得上班族真好，还可以拿到奖金什么的——这绝对是超级好事。即使是晚上，我也在 7-11 拼命工作。当其他人为了第二天能努力工作而酣睡的时候，尽管我也很困，却仍然在工作，而且工资还很低。不过，即便如此，我也能好好地生活下去，目前过得还算可以，所以我觉得自己还是去追逐梦想比较好。我也没什么特别想要的东西，而且还年轻嘛。我想趁年轻的时候不断尝试各种各样的事情。随着年龄的增长，等到了 30 岁，那一定就会拼了命去努力的吧。到时候就会想着：'自己一定要做点什么、一定要做点什么。'不过，现在还有时间，大概还处于寻找什么的状态吧。在这个过程中，我有一个想法就

---

① 两个都是日本的摇滚乐队。

是组建乐队。

"我的人生价值观归根到底就是开心还是不开心,因此,我觉得自己的想法挺好,常识、社会等等都不好。我讨厌成为群体的一员,然后被统一成同一种颜色。我希望作为个体获得认可。

"的确,如果进了公司,被称呼为负责某某的某某先生或女士之类的,也会感觉到进公司的快乐。不过,仅仅是安稳的话,并不能让我满足。那样的话,我会不知道自己为什么而生。公司一家家倒闭,经济也不景气,我不认为如今的年轻人真的想要成为上班族。时代在变,不是吗?认为只要做上班族就很稳定,这种想法我觉得已经过时了。现在的氛围是,如果对方说自己是美发师,就会回一句'哎呀,美发师啊!',对吧?如今是我们大显身手的时代了。我上高中那会儿,所有人看对方都觉得和自己一样。公司里的人看起来也都一样。因为那时大家穿得都一样嘛。

"所以,我们绝对不是因为不想工作才成为飞特族的。虽然我也想稳定下来,但如果反正都要工作的话,还是想在自己喜欢做的事情上稳定下来。而且,我也不打算一辈子当飞特族。当飞特族只是为了谋生,如果其中有加入乐队或成为表演者的机会,我想朝着那个方向努力。要是没能走红,就去找别的事做,但我还没有挑战过,只是一直在描绘梦想而已。

"不过,我觉得认为自己绝对会成功也许只是某种错觉。毕竟往消极的一面去想也没用,不是吗?就算拿不到养老金,只要老了有积蓄就行了吧?如果没有积蓄的话,我就会在那附近横尸街头，真的（笑）。不过，我并不觉得那样可怕。为了不成为那种害怕死在街头的人，自己才有梦想的吧。不是说总会有办法，而是想办法去解决。我想，当自己不再认为'总会有办法'的时候，就会成为渴望稳定生活的上班族。"

他说着，仿佛是在倾吐自己未经整理的思绪。我觉得其中有一些事实，也有一些误解。然后，我想最后再问一件事。因为当他在谈论"现在"的时候，完全缺失了曾经那么投入的一样东西。

"你现在还玩游戏吗？"

"开始打工之后，就不怎么玩了。要是有玩游戏的闲工夫，那必须得用来打工啊。不过，其实我也没有想玩游戏的心情了，甚至觉得游戏不再有趣。果然还是因为发现了更有趣的东西吧。嗯，我现在很开心喔。"

对大黑来说，"更有趣的东西"意味着音乐和乐队。但是，我觉得还不止这些。

我觉得，对他来说，游戏和漫画的世界已经只是幻想了吧。朋友、恋人、公司的面试和兼职……他正在从游戏和漫画的世界里走出来，开始踏入真正的社会了，即使他自己没有注意到这一点。也许正因为如此，对他来说，游戏和漫画曾经是自我疗愈的方法，但那个世界正一点一点地从他的内心脱离出来。

和他聊完时，已经是晚上9点多了。我正想送他到车站，他说了句"我要顺便去一下这里"，便消失在了游戏厅。不知不觉中，只在"家里"玩游戏的少年变成了走向"外面"的年轻人。我在想,游戏厅是否就像是过去的残影?

我们在那里分别。他留在了霓虹闪烁的新宿,而我则坐上了地铁。

第五章 摆脱"茧居"状态

——直到他接受让自己苦恼的那段岁月

上午11点刚过，我抵达了京都站。

和对方约好的时间是下午2点，所以我有点不知所措，不知道接下来的3个小时该做些什么。

那天，我要见的人是一位住在奈良的男性，名叫长泽贵行。他和我一样，高一就辍学了。但是，他之后的人生经历与我大不相同。他没有参加大检考试①，好几年都待在家里足不出户。

在孤独中熬过了高中的大黑；因不堪忍受而离开高中，之后参加大检考试的我；还有想参加大检考试却没参加，好几年都闭门不出的长泽……我们之间到底有什么不同？

在京都车站前溜达了一圈后，我决定提前1个小时到约定的检票口前面等候。我坐在地上，把地图放在身后，紧紧攥着手机，以便它振动时能立即察觉。进出检票口的人和等待别人的人不断更替。几年前翻新的京都站是一座现代化的建筑，通透的拱形屋顶从高处俯视着我。

"就定在京都吧，我很想让你看看新的京都站。"

当我从东京打电话问"我们能找个地方见面吗?"的时候,长泽提出了这个建议。因此,虽然现在时间有多,但我还是决定先不去探索京都站。

他大约在1点55分出现了。尽管我听说他已经30岁了,但他看上去却像十几岁的样子。是因为他长着一张娃娃脸,还是他的姿态和气质使然?

由于我焦躁不安地蹲了1个小时,所以站起来时脚疼。

"啊,你好。"

他说道。

他身高一米六左右,是个小个子,但胸部厚实,体格健壮。一问才知道,他最近经常去健身房。今天他也是从大阪的一家健身房直接过来的。

不过,他曾经有一段时间体重超过80公斤,肚子圆滚滚的。据说那时候头发也乱蓬蓬的,处于根本没法出门的状态。

我今天就是想来听他聊聊那段时间的情况。

1986年11月。

"我不再需要朋友了,一切就此结束。我要自学,通过大检考试考上大学。"

当时还是高一学生的长泽贵行在心里这么想着。即使到了平时的出门时间,他也会在二楼自己房间的床上磨蹭。

---

① 即大学入学资格考试,日本用于评估高中未毕业者是否具备与高中毕业生同等学习能力的考试。

"贵行君,你还不走吗?"

母亲有点担心地走上楼来,催促道。

"我再也不去那所高中了。"

当时,他还没有明确决定不去上学,但嘴巴突然动了起来。

"我不去学校,再也不去了。"他重复道。"为什么啊?你必须去!"母亲回应说。但当她意识到长泽心意已决时,便下到一楼去了。取而代之的,是身为银行职员的父亲走进了他的房间。

从小,长泽眼中的父亲就是一个所谓的"工作狂"。除了星期天,父亲每天早上很早出门去公司上班,晚上很晚才回家。在家的时候,他要么在默默地看电视,要么在睡觉。长泽看着父亲总是绷着脸沉默不语的样子,完全不知道他在想什么。虽然父亲是小个子,但长泽惧怕这样的父亲,也觉得父亲难以接近。

不过,只有那么一次,他曾找过父亲商量,说自己在学校里和朋友们相处得不好。当时,父亲说:"你啊,请他们去咖啡厅吃顿饭,就这么大胆去做吧。"也许父亲以自己的方式认真考虑了这件事,但对长泽的烦恼却没有做出任何回答。长泽记得当时自己对此非常失望。

"你为什么不去学校?"

穿着西装准备去上班的父亲问道。他一副威严的表情,让长泽感到恐惧。

长泽一言不发,于是,父亲就想给他脸上来一巴掌。他察觉到这一点,立刻按住了父亲即将甩下来的那只手,就这样父子俩互瞪了几秒钟。长泽认为自己眼里饱含着不去学校的决心,而父亲眼中浮现出愤怒,但他没有说出这一点。然后,父亲松开手,一言不发地开车去了公司。长泽心想,真是谢天谢地,总算挺过了这一刻,他松了口气,暂时放心了。

就在长泽开始不再去上高中的那段时间,电视上播放了一部主人公通过大检考试考上东大的电视剧。他看了这部电视剧,在决定放弃高中学业的时候,就想着要参加大检考试。但是,从初中开始就刻在心里的伤痕不是轻易就能愈合的,他需要休息。

从奈良县的初中毕业时,每个人都拿到了写有全体同学留言的彩纸。虽然他并没有受欺负,但同学们都渐渐疏远他,因为他沉默寡言,经常待在教室里一动不动。长泽不知道如何将自己融入一个固定的群体。于是,不知不觉间,上学放学的时候他总是只身一人。

他手中的彩纸上写着"生性阴郁的长泽……""总是很忧郁的长泽……"。对于这样的留言,他想强烈地回应:"我不是那样的人!"实际上,他想说更多的话,想表现得更开朗一些。他只是不知道自己该怎么做而已。

彩纸中,只有一条留言有着与其他不同的细微差别。那是一名从小学起就同校的女同学写的:

"请尽快变回那个开朗健康的长泽君。"

她还记得小学时的长泽。但是,在放学途中,他把那张彩纸扔到了空地上。

升入京都的高中后,他身边也仍然没有同学。尽管如此，还是有一个同学很钦佩他。那个同学的座位碰巧和他的离得近，所以和他有了交流。然而，随着两人在一起的时间越来越长，一种新的不安不断在长泽的内心膨胀："总有一天，这家伙也会离我而去吧。"对他来说，上学只是一件痛苦的事。

于是，他决定从高中退学。

他不再去学校的一段时间后，班主任到他家里来了。

"我看你好像和班上的朋友相处得不好，不过到了高二可以帮你换班，到时候就不用和他们一起了。"

班主任这样说道。

然而，他已经受够了。

"没关系，我会参加大检考试的。"

长泽隐藏了自己讨厌人际关系的真实心情，摆出一副充满自信的表情说道。班主任好像理解了似的回去了，之后便再也没有来过。

刚开始，母亲会经常来跟不去上学的长泽说话。但是，当她问起"贵行君，你打算怎么办？"的时候，他立刻大发脾气说："吵死了！"然后，"砰"的一声关上了门。于是，母亲就没有再说什么了。贵行从来没有被问过为什么退学、现在是什么心情。自从那天和父亲对视之后，父子俩就再也没说过话。与高中的联系，也在班上那位经常和长泽一起行动的朋友来过一次电话之后，就彻底断绝了。当时，他拜托正要去接电话的母亲："告诉他我不在。"

长泽把因不去学校而获得的自由时间花在了电视和红白机上。

他的房间是一间6张榻榻米大小的西式房间，里面只有书桌、床、电唱机和书架，没有电视机。所以，一到早上，他一定会确认父亲开车去公司的声音，然后才从二楼下到一楼有电视的客厅里。接着，他吃完早饭，就盯着电视看。当没有想看的节目时，就玩红白机。

中午看电视节目《笑笑也无妨！》是他每天必做的事，之后他经常会接着继续看过午时间的情节剧。如果电视看腻了，就又会打开红白机。他喜欢并且经常玩的是棒球游戏，除此之外，还有角色扮演游戏和网球游戏等等。不看电视的时候，他总是紧握着游戏手柄控制器。

他偶尔也会弹弹吉他。一边看着音乐杂志附录上的吉他谱，一边选择看起来会弹的乐句进行练习。他之所以有一把吉他，是因为在高中时抱着"想交朋友"的想法曾经短暂地加入轻音乐社团。但最后，即使在轻音乐社团，他也没能找到属于自己的位置。然后，他就只剩下了这把吉他。

到了晚上，他开始吃晚饭。父亲、母亲和姐姐都在餐桌旁，只有他把饭菜端到电视机前。吃火锅或烤肉的时候没有办法，他只能和家人坐在同一张饭桌上，这种时候他就会低着头默默地动筷子。

平时，他没有一个可以说话的对象。除了偶尔拜托母亲帮买东西之外，他从不开口说话。

另一方面，这样的生活也很轻松。早上几点起床都可以，晚上几点睡觉也都行，还可以连续好几个小时沉迷于红白机。以前因为上学而无法收看的白天的电视节目让他耳目一新。由于不必再承受必须交朋友的重压,所以他的心情开始变得像羽毛一样轻松。对他来说,这样的生活恍如天堂。

不久,母亲叫他去大检预备学校①,他就以"等下个月再说""很快就去"来搪塞母亲,还是过着一成不变的生活。虽然想去预备学校,但怎么也迈不开腿,就像在拖延功课一样,说再过一会儿就开始学习、到了春天就开始学习。这样想着想着,时间一眨眼就过去了。他对时间的感觉和上学时有了很大的变化。而且,一方面,他处在没有心理重压的天堂般的状况里,另一方面,他对外界失去了兴趣,渐渐地陷入自己的壳里。

那段时间,他几乎没有出过家门,除了蛀牙疼的时候去看过几次牙医以外,一直待在家里。他想要吉他月刊的话,就拜托母亲买东西时顺便帮买。他并不是讨厌外出,只是觉得没有必要而已。

直到看到电视新闻报道夏天即将结束,他才意识到自己就这样无所事事地度过了将近1年。大概就在这个时候,在黄金时段播放的一档综艺节目中,长泽第一次听到"拒绝上学"这个词。搞笑艺人使用这个词语时,电视里传来了一阵笑声。那一瞬间,长泽感到一种迄今为止从未显露出来的不安在自己内心膨胀。他开始怀疑自己是一个与正常相去甚远的"奇怪"的存在,因为他不去上学,又过着几乎足不出户的生活。没过多久,这种怀疑变成了确信,

---

① 预备学校是日本主要为即将参加升学考试、职业资格考试、就业考试等各种考试的在校学生和成人提供教育服务的机构。

我们工作的理由、不工作的理由、不能工作的理由　　123

让他感到恐惧。那一刻，他产生了一种错觉，仿佛正在观看的电视画面一下子被背景吞没了，自己的现实感似乎逐渐消失。

从那时起，他关上了自己房间的防雨窗。他突然开始在意邻居的目光，觉得必须要把"拒绝上学"的自己这一存在隐藏起来。

具有讽刺意味的是，当他觉得自己"不能外出"时，想要在外面自由走动的欲望慢慢萌生。但是，他觉得这已经不可能实现了。一年来，他对着镜子自己修剪头发，不让它挡住眼睛和耳朵，头发呈现出奇怪的形状。而且，他身上穿的也总是几乎一样的睡衣。他不运动，边看电视或边玩红白机边吃零食，因此比以前胖了许多。他无法让这样的自己到外面的世界去。

要是遇到朋友的话……要是被邻居看到了……

"咦？长泽，你现在在做什么啊？"

他想象着初中同学这样向自己发问。然而，对于这个问题，他没有准备任何回答。面对别人对自己的看法、对家人的看法，对于自己闭门在家无所事事的事实，他不知道该作何回复……

"我已经被排除在从初中毕业、高中毕业再到大学的'寻常'人生之外。我不寻常，世人或许会把我当成异端看待。我讨厌这样，讨厌！"

即便在关上防雨窗之后，他的生活方式也没有发生任何改变，电视、红白机、杂志……可是，这样的生活已经不再是简单的无忧无虑。那种宛如身在天堂的心境已荡然无存。有一天，吉他坏了，但他没有勇气去乐器店。他没法出去买新游戏，所以反复玩同一款角色扮演游戏，他一点也不开心。

他把自己关在房间里时，不时听到外面传来家庭主妇们的闲聊声。每当这种时候，他就会觉得别人在议论他。"你知道吗？长泽的儿子好像一直待在家里无所事事，不知道到底是怎么了？"

他在脑海中想象着这样的对话。他开始变得焦躁不安，用双手捂住耳朵忍耐。

时间就像幻灯片切换一样流逝着，仿佛是在嘲笑他的不安似的。他刚注意到院子里丹桂飘香，就不知不觉间看到了报道夏天来临的电视新闻。感觉才听到报道称全国统一考试已经开始，结果电视上正在播放大学入学典礼的情况了。在此期间，自己一直穿着同样的衣服，重复着同样的生活，他觉得只有自己被这个时代所淘汰。

他每天用看电视、玩红白机来压制几乎快溢出来的不安。不安出现了，他就用电视和红白机将其消除，然后不安又会出现……在这样的周而复始中，岁月的流逝就显得更快了。

就这样，不知不觉，长泽就快满18岁了。

初中和高中时从自己身边离开的那些人，很有可能都参加了大学入学考试，肯定已经顺利通过了。这意味着他们都走上了"寻常"的人生之路，而自己却远远落在了后面。但是，他不知道如何才能前进。没有人教他，他不知道该怎么办。他不敢去想自己会变成什么样。

"肯定有哆啦A梦[1]，开着时光机来救我。然后，我就能从头开始新的人生。"

每当痛苦的时候，他都会这样想。

有好几次他模仿哆啦A梦，拉开书桌抽屉，把一只脚伸进去[2]。虽然觉得这是无聊的妄想，但还是有点期待奇迹的发生。他想相信自己会被吸进抽屉里。

尽管他平时一直都注意不去正视深藏在内心角落里的不安，但是这种不安感确实变得越发强烈起来。

除了极偶尔和母亲对话，长泽很少与别人说话。自从他决定不去高中的那天和父亲对视，父子俩就再也没有说过话。长泽注意到父亲不跟自己说话，但他自己更是一直在回避父亲。他经常想，如果当面跟父亲说话，说不定会被断绝关系。即使晚上肚子饿了想去厨房，但如果父亲在，他就无法下楼。他在确认父亲离开之后，算好时间再去厨房。

只要不出家门，不与人见面是很容易的事。但是，有时家里也会有客人来访。这对日常生活一成不变的他来说是件大事。

一听到一楼有说话声，他在二楼自己的房间里就缓慢而安静地走，不让声音传到外面。因为去厕所会让别人知道自己的存在，所以他也会忍着。实在忍不住的时候，就用超市的购物袋解决。

---

[1] 日本漫画家藤本弘（笔名藤子·F.不二雄）创作的同名漫画的主人公。哆啦A梦是来自未来的猫形保姆机器人。他乘坐时光机，从22世纪回到20世纪，用未来道具帮助小学生野比大雄解决了种种困难。

[2] 故事中，哆啦A梦的时光机在20世纪的出口就藏在野比大雄书桌的抽屉里。

这种时候，他总是一心一意地祈祷客人早点离开。听到玄关处的寒暄声，估计客人已经离开，他才会战战兢兢地下到一楼，在厨房里翻找食物。

最头疼的是全家人都出门了，他一个人在家的时候。偏偏只在这种时候，每周必来一次的酒贩会不停地按对讲门铃。让对方以为家里没人，是一件非常痛苦的事。当他一边因酒贩迟迟不走而心急如焚，一边又得忍耐着一动不动时，院子里养的狗就会狂吠起来。他害怕自己家会引起别人的注意，便从窗户那里对着狗做出"别叫，别叫"的口型。如果狗还是叫个不停，他就往狗身上泼水，让它安静下来。

对于季节交替、除夕、正月、生日等一年的重要时刻，他大多数情况下是通过电视了解到的。当听到新闻主播播报季节活动时，早已忘却的不安又会在他的心头涌动。尽管他平时尽量不去看自己的形象，但此时他无论如何都不得不直视自己。而且，随着年龄逐渐接近20岁这一节骨眼，这种不安的间隔越来越短，与此同时，不安本身也越来越强烈。

他完全不知道自己该做什么。但是，心里确实有必须做点什么的念头。

然后，有一天发生了这样的事情。

他像往常一样一个人在家，即使有电话打进来，也置之不理。工作日的午后，住宅区安静得好像时间停滞了一样。在这种时候，只有通过电视机的显像管，他才能切实感受到这个世界上除了自己还有其他人活着。如果关掉电视，长泽就会被自己一个人的世界吞没。但是，对讲门铃响了多次，似乎是在告诉他，这附近确实还有其他人生活着。

他紧张了起来。"快点回去！"尽管他这么想着，但对讲门铃响个不停。这样看来，对方可能就是酒贩。

过了一会儿，对讲门铃没有再响了。他试图窥探情况，于是透过关闭的防雨窗缝隙向外面望去。他一下子僵住了。

"有人！！"

他无声地在心里叫了起来。一个穿着工作服的上了年纪的男人正试图用梯子侵入院子。

家里一个人也没有。不，确切地说，是家里应该一个人也没有。长泽下到一楼，手里紧紧握着球棒。要是小偷进来的话，能去击退对方的只有自己。

男人刚下到院子里，贵行猛地打开窗户，大喊：

"什么人？！"

男人呆呆地看着贵行。原来是爷爷。

"哦，贵行君……那个，其实我带了一些盆栽来，本来想交给你爸爸的，但大门关着打不开，所以我就想自己进来放下再走。"

穿着睡衣、头发蓬乱的自己眼前站着的居然是爷爷。两人之间的气氛有些尴尬。握着球棒面对亲爷爷的这种奇妙感觉，让他再次意识到自己在家里关了多么长的时间。

没过多久，母亲敲响了他的房门。

"贵行君，山梨①那边有个地方，在那里能一边上函授

---

① 指日本山梨县，是东京都市圈的一部分。

制高中，一边和不登校的孩子们一起生活……"

那是母亲在不登校儿童家长的聚会上听到的信息。据说从进入东京的函授制高中到完成全部课程的这段时间，不登校的孩子会在山梨的宿舍一起生活。东京每周有一次课堂授课，孩子们可以从山梨过来，相当于某种支援学校。

通常情况下，他会不高兴地说"吵死了"，然后把门关上，但这次他却呆呆地听着，并且说道：

"这样可以……"

他单纯地认为，只要能摆脱现状，什么都可以。

当时的季节是春天，是自他不再上高中后的第四个春天。两年半之前他去看牙医，后来就再也没有出过门。

过了一段时间，长泽终于走出了家门。他从电视上得知春季甲子园正在举行棒球赛，想去现场看看。他听说外场的座位是免费的。他当然没有任何日程安排，但还是看了看日历，定下了一个出门的日子。

那天，为了避免和邻居碰面，他凌晨4点起床，帽檐压得很低，走出玄关。世界仿佛无限广阔，光芒耀眼。那一瞬间，他产生了一种飘浮在空中的错觉，无法直直地走在街上，也许他已经忘记了如何走路。

"这到底是哪里？"

带着这种感觉，他跟跟跄跄地向车站走去。上一次看到车站前的街道是什么时候？当他像在水中前进一样走着的时候，发现街道变化非常大。本该存在的建筑消失了，本不该存在的商店却建了起来，唱片出租店变成了CD店。从他家到甲子园球场，乘坐电车需要2个小时左右。在这段时间里，他尽量不去看别人。

　　长泽小时候只去过一次甲子园球场。到达车站后，他想努力追寻当时的记忆。

　　踏进甲子园球场观众席的瞬间，他惊讶得说不出话来。

　　"多么宽敞啊……多么漂亮啊……"

　　球场非常大，单凭电视画面是很难想象的。蓝蓝的天空一望无垠，绿绿的草地耀眼夺目。

　　他在外场选了一个座位，尽量远离人群，痴迷地看着棒球比赛。那些拼命比赛的选手，应该都是在他闭门不出期间，从初中升入高中的。

　　在球场看棒球比赛，有一种通过电视永远无法传达的临场感。球速很快，选手们的动作也非常华丽。最重要的是，在巨大的空间里进行的比赛生气勃勃，令人感动不已。他沉浸在比赛中，每当有人来到附近，他就移动到没有人的地方。

　　饿了就买炒面吃。他很难主动去跟人说话，所以好几次都任由小贩从自己面前经过。不知挑战了多少次，他终于买到了。

　　那天比赛全部结束后，他回到家中，天色已经暗了下来。为了不让邻居注意到自己，他特意等到天黑后才回来。

　　他的脚内侧隐隐作痛。

　　肌肉的疼痛一个星期都没有消失。

　　到了4月，他在父亲的陪同下去了山梨的那个教育设施。在那里，一所废弃的木制小学被用作宿舍，周边是被大自然包围的宁静的田园地带。山峦、水田、旱田、废弃的学校……看到这样的景象，长泽感到不安，觉得自己好像被什么抛弃了似的。这种不安和他初中、高中阶段朋友离开时的感觉相似。这和他感觉到周围的人都在长大成人时，内心有的那种东西是一样的。

在宿舍里，被褥直接摆放在宽敞的教室里。一起生活的孩子各自把CD收录机和书放在枕边，他也学着把被褥铺在分配给自己的那个区域。周围的人都比自己小，大概十六七岁的样子。集体生活由几个工作人员提供支持，负责人是一名满脸胡须的中年男子，看起来像只熊。他们温柔地迎接了长泽。

集体生活本身有很多乐趣。大家轮流做饭，在附近的稻田里与大自然亲密接触，这些都比闭门在家时更新鲜有趣。参加函授制高中面授课程的时候，还能去东京看看，有时甚至会跑到横滨。由于生活规律，他的体重减轻了，鼓鼓的肚子也恢复了正常。当以前不能穿的牛仔裤能穿进去了的时候，他发自内心地感到高兴。虽然大家都比自己小，但他也交到了新朋友。此时，他理应可以认为一切都很顺利。

然而，随着时间的推移，他开始感到自己产生了一种"想要逃离"的欲望。在大教室里的集体生活毫无隐私可言。另外，和一群比自己小的人一起生活的过程中，他无论如何也无法相信那里就是自己的栖息之所。维系人际关系成了一件麻烦的事情，他开始强烈希望一个人待着。这时，长泽下定决心要独自继续函授制高中的学习。到了夏天，机构放假三周，他回到奈良的家里，之后就再也没返回山梨。几个同伴给无意回去的长泽寄来信件，他没有拆开。不过，他并没有把信扔掉，而是直接收进了抽屉里。

在函授制高中，学生需要提交很多报告。对不登校的学生来说，独立完成这些报告往往很痛苦，需要付出相当大的努力。尽管如此，长泽还是打算继续学习，但他最终没能完成学业。

起初，母亲反复问他"为什么不回山梨？"，但并没有因此而责备或训斥他，就像他从高中辍学时那样。毫不意外，还是和以前一样，母亲渐渐地什么也不说了，父亲则若无其事地继续工作。

就这样，他又回到了电视和红白机的生活中。尽管这对他来说是一种艰难痛苦的生活，但同时也是一种熟悉的生活。稍微一不留神，他就会闷在自己的房间里不出来，像被吸进去了一样。他会一直看电视，玩上几个小时的红白机。

但是，在山梨3个月的经验带给他的绝不仅仅是变细了的腰身。回家后，他开始会偶尔外出了。房间的防雨窗仍然关闭着，他也依然有一种强烈的念头，不想让附近的人和同学看到自己，但这种不安确实在逐渐减弱。

他出门的时候，不是天黑之后就是下雨的日子。如果周围很暗，就不会被人看到脸。而且，下雨天行人稀少，还可以撑伞。这种时候，他总是去郊外的一家书店，徒步要花1个小时左右。在熟人应该不会光顾的书店里，他长舒一口气，站着翻阅自己一直很喜欢的职业摔跤杂志，有时还会买上几本。

长泽特意跑去郊外的书店，也是为了散散步。总之，走出家门对他来说比什么都重要，也是他所期待的。他总是盼望着多数人不喜欢的雨天，当天空布满乌云时，他就会兴高采烈地跑到外面的世界去。

就这样，高中辍学后的第五个春天来了。每年一到这个时候，他一定会因自己什么都没做而感到不安。他觉得自己被逼得走投无路，必须要做点什么。蓄积在他心中的不安像堤坝决口了似的蔓延开来。

"我想去这里！"

在长泽21岁那年的秋天，他有了这种强烈的感觉。

他像往常一样看着电视，关西电视台正在播放一期纪实节目，内容是关于一所把辍学者集中到一起的全日制高中，学校位于北海道。

看到这所高中的纪录片时，他产生了很大的期待，觉得"在这里，也许能迎来青春"。屏幕上播放着经历过不登校挫折的学生们正享受长泽想象中的"寻常青春"的样子。年龄各不相同的他们找到了可以称作"挚友"的伙伴，彼此无话不谈。他一边看着这群学生一边想，如果是和自己同样不登校的人上的"学校"，自己应该也能成功融入他们的圈子吧。他想在那里交到值得信赖的朋友，并且想把自己从16岁开始的经历全都告诉那位绝不会离自己而去的、尚未谋面的挚友。

他拜托母亲索要相关资料。几天后，一个厚厚的信封寄了过来。他几乎没有阅读里面所写的内容。在这些资料中，他多次盯着看的是学生们的照片。照片里的学生看上去过着愉快的学习生活。

由于入学时间是春季，所以还有5个月左右的时间。长泽想着不能浪费这段时间，如今自己的去向已定，好不容易在心中燃起了干劲，如果就这么无所事事，那实在太可惜了。

正是在这个时候，某本杂志的人生咨询栏目引起了他的注意。因为回答读者烦恼问题的是北方谦三[①]，而长泽很喜欢读他的作品。

"现在我什么也没做，就当个飞特族。我很在意别人的目光，没有自信……"

上面刊登了这样一封读者来信。"我很在意别人的目光，没有自信"，长泽读到这部分时，觉得对方和自己一样。对此，杂志上刊出了回复，主要内容大概是："试着靠自己活下去吧，试着不依赖父母一个人过日子，依靠自己的力量工作生活下去。这样的话，人生之路就会打开……"

读完之后，他决定自己也要去东京打工看看。

他不敢走出家门，是因为害怕邻居的目光和突然遇到同学。虽然他有想要出去的心，但一想到"如果……"就吓得双腿发软。他非常担心，如果在老家遇到了现在已经是大学生的同学，他们会怎么想自己呢？但如果去到东京，他就不必在意这些了。如果离开奈良去打工的话，应该也不会有人把自己当成脱离人生正轨的人吧。不这么想，就

---

① 北方谦三（1947～　），日本著名推理小说、历史小说作家。

什么也做不了。而且,也正是因为决定把北海道的高中作为"目的地",他才会下定决心"试一试"。

"在上高中之前,我就稍微尝试一下自己从未做过的事情吧。我只是做一些自己没做过的事情而已。"

这么一想,他就变得勇敢起来了。然后,他想起了自己初中和高中时的同学。他们当中应该有很多人在东京上了大学。

"一个人租房子,交朋友,交女朋友……我也想拥有同样的经历,想和那些家伙一样,体验一个人生活的青春。我本来也应该会是那样的。"

他对母亲说自己想去东京,然后便立刻离开了家,在代田桥租了一间没有浴室和厕所的廉价公寓。

押金和酬谢金让家里帮着支付了,除此之外的事情,他都打算自己解决。这样下定决心后,他便直奔东京。他太急着出发了,以至于没有确认母亲当时说了什么话,露出了怎样的表情。

一到东京,他马上找了一份兼职,同时开始了空手道的入门学习。因为他想让自己变得能打架,不被别人小看。

抱着"总之,我什么都想体验一下"的想法,他想挑战所有能看到的有趣的事情。而且,这也是他为了找回失去的日子,亲自创造出自己所想象的"青春期情境设定"的一种尝试。

他决定同时干两份兼职:炸猪排店洗碗工和酒店床铺整理工。他拼命地工作,仿佛在吞噬自己的青春,完全没有余裕看看周边。他每天早晨上班打卡,然后在固定的时间回家。第一次拿到17万日元的工资时,他很高兴,觉得"我也能做到"。

"我之后要去北海道的高中上学。"

他对炸猪排店的主任这么说的时候,对方羡慕地说:"真好啊,你这么年轻。"

尽管每天的生活非常忙碌,让他应接不暇,但习惯了这种生活之后,他却渐渐开始对一个人过日子产生了一种无可奈何的孤独感。在奈良的家中,他应该以为自己是在一个人生活吧。他几乎不和家人说话,在外面也没有任何人际关系。尽管如此,在东京的独居生活还是令他感到非常孤独。这说明他在奈良时绝非独自一人。每天晚上,打工结束回到公寓后,他都会给老家打电话。公寓里没有电话,所以他会使用附近环七路上的公用电话,他把一张105度的电话卡①插进电话机里,直到金额用尽、卡被吐出来才放下话筒。

"既孤单又痛苦,我不想再过这样的日子了。"

他反复说着这样的话,母亲"嗯、嗯"地一直在倾听。在此期间,他总是用茫然的目光追随着环七路上行驶的车流。夜晚的东京充满了孤寂的光芒。

他一个朋友也没有交到。他无法踏进饭店,因而只能吃便利店的便当或炸猪排店提供的饭菜。就这样,时间又一晃而过。但是,这次与在"落后于周围人"的不安和被逼到绝境的焦虑中流逝的时间明显不同。他果断的举动是

---

① 日本电话电报公司(NTT)发行的一种售价为1 000日元的电话卡,1度相当于10日元话费。1991年时,10日元能打3分钟电话。

一次逐一整理各种经验的行动，把16岁以来闭门不出的自己没能做到的事情、周围的同龄人都经历过而自己尚未经历的事情，一件一件地梳理出来。他不断地发现尚未组装好的拼图碎片并将之捡起，再拼凑起来。接下来，在北海道结识同伴，应该是完成自己青春拼图所需的最后那一块。

4月。

从小樽乘巴士到余市町的高中大约花了40分钟，附近地面还残留着雪。

"虽然以前从未结交过朋友，但在这里，我要度过一段美好的青春时光，不再受挫，和大家一起愉快地生活，留下美好的回忆。然后，要让一度静止的时光向前推进。"

就这样，长泽下定了决心，进入高中。他觉得只要在这里积累自己所欠缺的经验，就能走向社会。

这里的课程难度低，他可以轻松地跟上学习进度。因为学校以接纳不登校者的自由校风为卖点，所以没有规定统一的校服。

然而，长泽所期望的人际关系在那里也并不存在。有人当暴走族，也有人抽烟。同学们都比自己年纪小。他们可能确实同样辍学，但和自己情况不同。

一天，体育馆内正在举行学生集会。一名看起来很胆小、偶尔会和长泽说话的同学被其他同学戏弄了。

"住手！"

长泽话音刚落，被人一记回旋踢，踢中了后背。

"我为什么会在这种地方？"

一想到自己在这些年轻学生中间,他就不由得产生这种想法。被比自己小五六岁的同学围着坐在教室里,长泽有种想要马上逃走的冲动。他根本找不到用美文和美图装点的宣传册上的那种学生生活。"我已经 22 岁了,本该是工作的社会人或大四学生了……"想到这里,他就难受得不得了,好几次都想要放弃。有的老师和自己同龄,在超市打工也会遇到比自己小的员工。每次遇到这种情况,他都被打击得意志消沉,觉得已经受够了。

尽管他交到了几个朋友,但最终关系没能发展到可以交流内心世界的程度,他在这里也选择了紧闭心扉。即便如此,他还是坚持留在高中里。他觉得这次自己不能再放弃一切了。他已经做好了心理准备,这将是他结束之前的痛苦处境、不安和自卑感的最后一站。一想到自己的年龄,他就觉得自信快要消失了,满是补丁的自尊心也快要一点点剥落——但他还是拼命地想留在这里。这种时候,他的脑海中浮现出的是高中辍学后闭门不出的自己,以及从山梨逃回来之后,在家一直盯着电视的自己。他不想再回到那样的生活了。

"我要彻底结束这种生活。先毕业,再找到一份工作,然后结束这一切。"

于是,他咬紧牙关,度过了这 3 年时光。

他没有参加毕业影集照的拍摄,因为不想让自己的照片和年轻的同学们一起出现。他还拒绝参加毕业典礼的庆功宴,想着"总算结束了",一溜烟地回了奈良。此时,他已经身心俱疲。

从北海道回来后，长泽又回到了闭门不出的生活。

虽然高中毕业前他已经下定决心要"结束这一切"，但当他待在自己房间里时，无论如何也无法付诸具体行动。也许是为了让自己从房间这一"安全区"解脱出来时，他在北海道太过劳神费心了。待在充斥着"过去"的房间里，对于高中毕业的喜悦之情消失不见了，唯有对没能在那里度过自己所期待的青春而产生的极大失望。在充分体味这种失望之前，他觉得还缺了点什么。他不想进入下一步去找工作。

他找到下一个目的地，是在3个月之后。

"你是不是也想在美国试着改变自己？"

一本空手道的杂志上刊登了这样一则广告，是美国的道场在招募学徒。他曾在东京学过一点空手道。

他的脑海中立刻展开了想象。就像在电视上看到的北海道一所高中的纪录片里一样，他想象着自己在蓝天下的美国，混在外国人中间进行组手训练的样子。

最具吸引力的是，地点在美国。

为了逃离整天在家看电视的生活而去到山梨，为了找回失去的青春而去到东京和北海道，25岁这个年纪……他认为，只要在日本，就不能再重复以前那样的生活了。他感到了一种不得不适当走出家门去工作的压力。但是，他还没有下定迈出最后一步所需的决心。他还不想成为一个社会人，还不想成为一个成年人。

"去美国练空手道，是不是有点厉害？这样的话，我也就有了一件可以自豪地说出来的事情。然后，我就可以走向社会了。"

他一边这样劝说自己，一边拿起听筒，拨通了杂志上刊登的电话号码。虽说是半年的课程，住宿费却很贵，但他还是战战兢兢地向母亲恳求。

这种时候，他总是像要逃避似的想要离开家，想尽快逃到一个没人知道自己待在家里什么也没做的地方。他急忙买了机票，立刻做好了准备，一眨眼就踏上了赴美之路。在飞机上，他因为无法开口对邻座的外国人说一句"不好意思"，在抵达目的地之前一直憋着没去上厕所。

当他从高空俯瞰美洲大陆时，"我要在这里改变自己！"的想法涌上了心头。虽然也有不安，但和在家时的恐惧相比，这根本不算什么。

他抵达了目的地亚拉巴马州，有一名道场的日本人来接他。他看着等待着自己的那个男人一副爱搭不理的样子，心想："真是个典型的空手道师傅啊。"

"哦，是你啊，上车吧。"

就这样匆匆寒暄了一下，长泽便被开车带到了宿舍。然后第二天，他就在美国人的簇拥下开始了训练。虽然语言完全不通，但当日本师傅出现时，大家都会异口同声地用日语打招呼说"早！"。

在练习的过程中，一旦稍有松懈，师傅便会立即大声呵斥。有一次，在听他讲解组手技术的时候，长泽向上翻着眼珠，想努力不听漏一句话，于是被训斥："你这眼神什么意思！！"他的脸上还因此挨了一巴掌。不过，这样严格的训练虽然辛苦,但长泽绝不认为令人讨厌。他忍受着早上的内训,白天努力练习消化,还参加了晚上的课程。即使是6组50次俯卧撑等单调的肌肉训练,他也毫不气馁。

他很快就喜欢上了美国的氛围,在超市等地方,人们会轻松愉快地打招呼说"嗨"。坐在前辈驾驶的卡车车厢里,眺望着一望无际的道路,他真切地感受到自己身处遥远的异国他乡。他被允许在牧场体验来复枪射击,还尝试了骑马。

虽然语言不通,但他也和道场的伙伴们一起度过了愉快的时光。在万圣节派对上用垃圾袋制作道具、男扮女装的时候,大家都捧腹大笑。还有一个儿童班,长泽教他们正拳突刺和组手技术。这是他第一次手把手地教别人,对他来说是一段难忘的回忆。

但另一方面,即使在美国,他也很在意周围人的视线。跑步的时候,他总觉得美国人只盯着自己看。当他去找前辈商量时,被前辈那句"这是心理作用"给顶了回来。然而,即使他努力抵制,也还是无法摆脱这种感觉。

就这样,他忘我地度过了6个月的道场生活。当这种生活结束时,道场的伙伴们和他紧紧地握手,并在送别时对他说"加油!"。

当他在西雅图换乘前往关西国际机场的飞机,听到乘客说日语的时候,在去美国的飞机上几乎没有感觉到的不安情绪无可奈何地膨胀起来。如果在美国,他可以把自己当成一个25岁的普通年轻人。但在日本,他会把自己看作只是一个闷在家中无所事事、一无所知的25岁的人。从

16岁开始,他就把自己关在家里,21岁上高中,从未参加过工作。一想到又要回到有着这样严酷过往的地方,一种巨大的挫败感再次袭上他的心头。

"半年的时间真短啊。"

来关西国际机场接他的母亲说道。

他想回美国去。

回到奈良的老家,长泽一连睡了两三天。累是一方面,但更多的是他不想从梦中醒来。

过了一段时间,他决定接受兼职服务生的面试。虽然他仍然害怕遇到熟人,但已经没有不得不把自己关在家里那么严重了。在美国练习空手道的经历融化了他内心固若金汤的自卑感。

面试官是一位50多岁、戴眼镜的中年男子。长泽紧张地把简历拿给他看,他疑惑地盯着长泽。

"嗯……为什么这段时间空着?"

那一瞬间,长泽脑子里一片空白。

他指的是从16岁高中辍学到去山梨之前的3年时间,并将其描述为"空着"。

"那么,在这之间呢?"

"北海道?为什么?"

"美国?在那里做了什么呢?"

"那么,你之前都做过什么工作呢?"

长泽一边吞吞吐吐地回答着,一边感觉自己像是在接受警察的讯问一样。对他来说,这已经不是一次面试,自己多年来一直耿耿于怀但又想要忘掉的不安的核心部分被粗暴地剜了出来。

"这种简历上的人生是不行的,像我这样的人是不可能的。有这样的过去,他们是不会雇用我的。"

通过去山梨、东京、北海道以及美国这些地方,他的青春拼图正逐渐成形。然而,在这一刻,拼图七零八落地散落一地。

"关于录用的事,过几天请给店里打电话。"

说完,男子便结束了面试。

长泽一出店就急急忙忙地回家了。他不打算打电话,害怕被告知自己不被录用。

到家后,他像以前那样关上了自己房间的防雨窗。然后,他开始特别在意以前闭门不出时并不在意的防雨窗的缝隙。那是爷爷想要爬梯子把盆栽放下时,他用来窥探外面情形的那个缝隙。

"都这么大年纪了还无所事事,这绝对不能让人知道!"

他怀着如此绝望的心情,把缝隙给糊上了。

他一边遭受打击,一边比以前更想抹去自己的存在。

那天之后的3年里,他除了偶尔晚上去书店,就完全不出门了。他介意房间里的灯光,把荧光灯的开关设为最暗的状态。家人全都外出时,为了防止被人听到声响引人非议,他连厕所都不冲。

不安开始时刻笼罩着他的内心。他变得贪食起来,体重一点点增加。洗澡时,看着镜子里的自己,都有点像相扑选手了。他在房间里做过俯卧撑,也试着网购过杠铃,但体重怎么也减不下来。因为出不了门,他甚至曾在玄关跳绳。

他再次回到了同样的生活里,这让他内心涌起了对家人的歉疚之情。虽然能做的事情很少,但他还是通过节制入浴、减少进食的做法来减轻对家人造成的负担。而且,他还注意尽量避免使用热水。他用冷水洗头时,脊背发抖。

在此期间,他不再玩游戏了,而开始过起了只有电视和书籍的生活,尤其经常阅读北方谦三和劳伦斯·布洛克①的作品。除此之外,他尽量选择随笔和游记。他试图从书中寻找自认为尚且欠缺的"经验",通过沉浸在书籍的世界里来认识这个社会。例如,如何在咖啡馆再要一杯水,如何在餐厅点单,如何买票,如何抽烟。每当随笔、游记、小说中出现这样的场景时,他都会想要一一记住。

这样的生活持续了一两年,他的眼睛里不断闪现像小虫子一样的残影,怎么也挥之不去。这是因为在昏暗的房间里用眼过度,导致玻璃体浑浊。他去医院检查,被告知患上了飞蚊症。虽然不影响日常生活,但当医生说"已经无法治愈"的时候,他感到非常后悔。

当他终于填充了能量,决定再次外出时,已经快28岁了。他想去接触的是在大阪的一个叫"友人空间"的团体。契机是他在书店发现了该团体原代表富田富士也的著作。封面上写着《从头开始的巡礼》。在"友人空间",常年闭门不出的年轻人一边接受心理咨询,一边接受训练,为走

---

① Lawrence Block(1938~),美国推理小说家。

向社会做准备。也就是说,他们会和与自己有着同样境遇的人聚在一起。据说,这里还会给大家介绍兼职。

长泽读到这本书的时候,觉得自己在这里也许能交到朋友,这个人也许能帮助自己。

"就去这里吧。"

就这样下定决心后,他怀着这次一定要成功的心愿,冲出了自家玄关。

"……因此,在那之后我开始一边在'友人空间'接受每周一次的心理咨询,一边在面包店打工。我看到张贴的招聘启事就去应聘了。因为去'友人空间'也需要钱,而且我还是想工作,所以这样的生活持续了一年半左右。"

在京都站内一家酒店的咖啡厅里,我们聊了很久。店员也是马虎,都不给我们添水。即便如此,他还是举起手,说了声"不好意思",并微笑着问服务员:"咖啡还可以续杯吧?"那应该是他曾经认为"不知道该怎么做"的事情之一。

和他在京都分别后不久,我读了一本书。

书名是《初秋》。这是我们谈到书籍的话题时,他推荐的罗伯特·B. 帕克[1]的作品。当时,他叮嘱我说:"我已经读过很多遍了,绝对推荐,请你一定要读一读!"

"这是一个系列小说当中的一本,主人公是一个名叫斯宾塞的私家侦探。作品讲述了斯宾塞教会一个被父母当作交易品的男孩很多东西的故事,非常有趣。"

---

[1] Robert Brown Parker(1932~2010),美国犯罪小说大师,20世纪下半叶最受欢迎的小说家之一。

他如此热情地向我解释,我不禁好奇这是部怎样的小说。我很想知道,似乎深深扎根他心底的这部作品到底写了什么。《初秋》讲的是少年独立的故事。少年保罗对世界失去兴趣,甚至对自己也毫不在意,只会一味地看电视。侦探斯宾塞一边教他跑步、拳击、烹饪等,一边和他合力建造了一间小屋。

我想象着长泽过去是以怎样的心情阅读这部作品的。然而,每当出现与小说情节并无太大关系的斯宾塞和保罗的对话场景时,有那么一瞬间,我仿佛瞥见了长泽心中蔓延开来的焦躁和不安的真面目。

一个场景是保罗吃了斯宾塞做的菜,然后好奇地提出了一个问题。

"这是你做的吗?"保罗说。

"没错。"

"你为什么知道做法呢?"

"我自己学会的。"

"你从哪里弄到的食谱?"

"我自己想出来的。"

(略)

"你在餐厅吃过这个吗?"

"没有,这是我自己想出来的。"

"我可不明白你为什么能做到。"

(菊池光 译)

在这之后，作品中的保罗通篇都像是口头禅般的询问："为什么？怎样做？"不知不觉间，我把保罗和长泽的身影重叠了起来。恐怕他也一边把自己一个人关在家里，一边只是一味地苦恼"为什么？怎样做？"。并且，他应该一直都在努力寻找一个可以这样发问的对象。

但是，现在的他并不只是一个人在发愁，他正在努力，主动地想和这个社会有所关联。

事实上，如果要问在面包店体验了一年半兼职工作之后，一切就变得顺利了吗？其实并非如此。一个人默默地揉面，几十分钟后就能看到完成的面包，这样的工作虽然很适合他的性格，但他还是被职场的人际关系所困扰。结果，他换了一次工作，之后又换了第二次。继续这样下去的话，总会有让人感到疲惫的东西或地方。尽管如此，每次他都会去别的面包店找工作，自己主动地想要走出家门。

"最近我一直在想，自己居然能整整3年都不出门，因为现在的我在家里待上3天就会受不了。"

他和父亲的关系也开始发生变化。

那是2000年11月的事。年满30岁的长泽在家里等待着父亲回来。就在那天，父亲迎来了退休的日子。

"长久以来，您辛苦了。"

据说他这么说了之后，父亲露出了有些吃惊的表情。

"谢谢……你也要为自己工作啊，不要担心钱的事。"

这句话，在高中退学前，父亲曾多次对他说过。而且，父亲原本就沉默寡言，在结束作为银行职员的上班族的人生之后，这可能是他唯一能说出来的鼓励儿子的话了。

自从长泽不再上高中，差不多14年过去了。他最近会和家人一起吃晚饭了，问起姐姐当年为什么不跟自己说话，姐姐回答说："因为害怕。"

他常常想，如果没有最初的那3年……他觉得自己本该会有更不一样的人生。在那段时间里沾染上的东西，并不是那么容易就能去除的。在不断感受着自己已经22岁了、已经26岁了的这种重压下，他觉得自己失去了年轻的心态。

但与此同时，他也开始思考。

"我现在的状态是能够全盘接受自己的过去，不后悔，只觉得发生了各种各样的事情。"

他平静地对我这样说道。

第六章 工作意味着坚持

——选择成为一名护理员

外祖母去世时已近春末。对我来说，亲近的人去世还是第一次。

葬礼在自己家里举行，这也是我第一次经历葬礼。舅舅、舅母、表亲们都聚集在老家，还有很多不认识的人来访。舅舅让我负责接待，于是我穿着一套黑色西装呆呆地站在玄关处，那里盛开着母亲依着自己兴趣种下的园艺花卉。那套西装是为了庆祝我20岁而买的。那天，我第一次在众人面前穿西装打领带。

在葬仪师迅速搭建的帐篷里，我感觉悲伤、惊讶、不安和恐惧，这些情绪交织在一起。最重要的是，我无法客观地看待自己的感受，连自己都不知道该如何感受、感受什么。无论我想什么，都觉得这是一个谎言。

外祖母曾在附近的一家名为"S"的养老院住过，那儿的人也来了。包括养老院的入住者、社长和护理员。

其中有一位年轻人和我一样，也是第一次经历身边的人去世。他在养老院从事护理工作才几个月，一直在照顾我的外祖母。据说他和我一样，走过接待台时脑子很乱。那个时候，我没有看到他。即使看到了，我也不记得了，因为当时有太多的人来我家。

我和他第一次说话是半年以后的事了，因为我想了解他选择养老院护理员这一工作的原委。

他个子很高，体格健壮，可能是学生时代打篮球的缘故。他比我大6岁，生于1973年，给人一种值得依赖的大哥哥的感觉。与其说是养老院的护理员，倒不如说他还有点体育会系①上班族的气质。

在练马区的一个家庭餐厅里，我听了他的故事。

对荻川喜和（化名）来说，父亲就像是社会人的典范。毕竟，父亲从18岁开始就在证券公司工作，并且，在30多年的上班族生涯中从未迟到或缺勤。

小时候，荻川还在睡梦中，父亲就整理好着装去公司了。看他站在玄关的镜子前，穿上西装，挺直肩膀，摆出一副"我要走咯！"的架势，那帅气的样子真让人着迷。父亲个子很高，体重90公斤，后背看起来大得出奇。

因为应酬，父亲有时会喝到凌晨四五点才回家，但即便喝到了第二天，他也绝对不会说泄气话，向公司请假。如果一直喝到早上5点，自然会累得精疲力竭，但他一定会先回到当时在孩子眼里都显得很狭小的公寓，然后又立

---

① 日语中指在校时参加运动类社团活动，因此形成坚忍不拔、重视体能、服从上级、信奉论资排辈等处世理念的人。

刻出门去上班。父亲总是一言不发地去公司，而身为独生子女的荻川只能默默看着他的背影。

直到高中毕业，他几乎没有和父亲面对面说过话。虽然父亲也带他去过很多地方，但他不记得父亲当时说了什么，脸上是怎样的表情。不过，父亲一直在用他那高大的背影跟荻川说话。比起实际说出口的话，那背影也许更有说服力。

在初中和高中的6年时间里，荻川一直都在篮球社团，每天认真练习。正是在那个时候，他受连载于《周刊少年JUMP》的《灌篮高手》影响，正式开始打篮球。同时，他也抱有一种期待，觉得说不定这样会受女孩子欢迎。总之，他当时脑海中浮现出的"帅气的运动"就是篮球。但由于初中的社团活动规定要剃光头，那样的期待大大落空。他看着自己被理成平头的脑瓜，苦笑着说："我这样子就跟个苦行僧似的。"

初中时，其他社团也都是这样，他理所当然地接受了来自前辈的"严苛训练"。在练习过程中，一旦动作稍有迟缓，就会被前辈们在体育用品存放仓库等地殴打。因为那个时候他总是被踢小腿，所以在一、二年级的时候，小腿上的皮肤经常脱落。

"这在体育社团是很正常的。"

父亲听母亲说他在比赛中被打，于是这样说道。荻川当时觉得"父亲真冷漠啊"。

有几名社团成员因为饱受这样的欺凌而退出了。最后升上初三时，3个年级一共只有9名成员。与他同辈的篮球队成员们认为，一旦再有成员退出就不好办了，于是大家商量决定自己这一代不再继续那种"严苛训练"。

就这样，他们在较少成员的情况下刻苦训练，终于成功晋级了县级大赛。对荻川来说，这是可喜可贺的成绩，他简直高兴得快要飞上天了。和好朋友们一起参加客场比赛外宿的时候，真的非常开心。

就在这样的时刻，他终于理解了父亲那句话的含义。无论多么艰辛，通过努力坚持取得的晋级资格，以及同伴们的笑声，都是无可替代的宝贵财富。这件事让他终于意识到父亲说儿子挨打"是很正常的"这句话的意图。从那时候开始，他就在心里深深烙下了一个观念：如果没有毅力坚持下去，就毫无意义。之前父亲给他的印象只是身材高大，而这时候他开始对父亲充满敬意。不管会有怎样的"严苛训练"，但他认为父亲知道坚持运动能给人带来的那种充实的感觉。他觉得是父亲把这个道理告诉了自己。

回想起来，多亏了父亲每天默默地工作，自己才上了初中，然后又成了一名高中生。在心怀感激的同时，他的内心充满了一种可以用"仰慕"来形容的情感。他认为父亲为自己做出了榜样，男人就应该像父亲这样。

他想成为父亲那样的人，为此该怎么做才好呢……想到这里，他觉得"总之就是要工作"。如果能像老爸那样坚持在一家公司工作几十年的话，说不定自己也能培养出那么帅的气质……

在高三暑假前，他决定了高中毕业后的去向。

学校举办了毕业去向说明会等活动。由于他在埼玉县就读的高中不是重点高中，所以希望就业的学生比较多。虽然有一部分学生会以体育推免的形式升学，但不太能看到想通过参加考试考入大学的学生。

荻川也没有升学的打算。如果去上大学或专科学校，在经济上就要依赖父母，这是他想避免的。如果去上大学的话，在学期间就会迎来成人礼。他一直觉得，都成年了还能满不在乎地让父母出钱，真是无法理解。他听说父亲是从18岁开始工作的。那么，自己也想高中毕业后马上成为社会人，用自己挣的钱吃喝。同时，他还有一种责任感，即作为独生子，能守护父母的只有自己。而且，他相信这样的活法才是最帅气的。

毕业去向指导室里总是会摆放各种招聘手册，其中有制造商、汽车相关公司、销售商、美容院。上面写有各种企业的起薪、休假、保险、公司文化等信息。

荻川有一个模糊的想法，想要从事与体育运动相关的工作。他不仅喜欢坚持了6年的篮球，还喜欢棒球和足球等。他还是想以自己的兴趣为职业，不过对工作种类并不挑剔，不管是产品销售、市场营销还是教练，只要是"体育运动相关的工作"都可以。

最常见的可能还是"产品销售"吧。在摆满棒球手套、球棒、各种球类和运动鞋的商店里，向顾客讲解和推销产品。他觉得体育用品店应该就是最适合的了，于是拿起了一本招聘手册。

然而，他哗啦哗啦地翻了翻册子，却发现体育用品店一栏里只列出了一家公司，而且上面还写着"招聘仅限女性"。当他把这个情况跟毕业去向指导老师反馈时，老师立刻帮他拿来了一份招聘男性的广告。他完全没有考虑那家公司对自己来说是否真的合适，连公司名都没看就决定要在那里工作。如果还有其他选项的话，他应该也会看看公司介绍吧，但因为只有一个选择，所以他觉得没有必要看。他唯一确认过的是职位描述写着"产品销售"。

"行！！从今以后，我先攒点钱吧，然后很快就结婚。"

工作定下来之后，他很有干劲，下决心要尽早让父母抱上孙子。

但是，就在高中毕业典礼结束之时，他看到手头收到的新人培训资料，顿时哑口无言，上面写着"地点：岩鞍滑雪场"。直到这时他才发现，自己所选择的公司以单、双滑雪板为主力商品。这家公司在全国有70多家连锁店，规模相当大。

滑雪确实也是一种运动，但荻川所想象的运动中并没有在雪地上进行的项目。他甚至觉得，在大冬天最冷的时候特意跑到山上滑雪是一件愚蠢的事。当然，他自己从来没有滑过雪。

"所谓滑雪，是什么？"

大大的问号在他的脑海中盘旋，但自己已经无法回头了。

滑雪集训按照大学毕业组和高中毕业组分别进行，大约有30名来自全国各地的新员工。荻川以外的新员工当然都知道这是一家滑雪用品店，因此，给人的印象是这里聚集了很多滑雪爱好者，而不是体育运动爱好者。他们华丽地滑下雪白的斜坡。在这样的情况下，荻川战战兢兢地以上半身向前屈、屁股向后突的犁式制动姿势滑到了坡底。

转眼间，其他的新员工都变得熟络起来。当荻川拼命地在与雪搏斗时，听到他们正热烈地谈论着滑雪的话题。

在住宿的地方，荻川孤零零地一个人，静静地待在旅馆的角落里一动不动。他没有跟任何人说话，也没有人与他搭话。他一个人准备洗澡，也一个人准备第二天的事情。这时，他的脑海中突然闪过辞职的念头。

他定睛一看，发现房间的一角同样有一个独自待着沉默不语的青年。他朝荻川这边瞥了一眼。尽管荻川心里想着，那个人也和我一样吗……却不想走过去和他搭话。然后，集训就这样结束了。

他被分配到东京神田的总店。这是一家地下1层、地上7层的大店。从位于埼玉的家里出发，大约需要花1个小时。

幸运的是，自己和集训时同样孤独寂寞的那个青年被分配到了同一个地方。荻川这时第一次和他说话。

"滑雪开心吗？"

"一点儿也不。因为我不会滑。待在这样的公司真的合适吗？"

荻川也有同样的想法。

和这个青年在一起，让本来马上就要辞职的他有了一种继续干下去的安心感。即便如此，在自己完全不感兴趣的世界里继续工作，依然是一件痛苦的事。

"为什么你卖不出去东西啊！！"

自进入公司以来,他一直被同一个卖场的前辈这样说,说得他耳朵都要起茧子了。尽管工作内容有早上打扫卫生、摆放产品、手绘POP海报等各种各样的事情,但主要还是产品销售。然而,这产品销售无论如何都不顺利。

他销售业绩不佳的原因显而易见,是因为缺乏对滑雪的相关知识。

对购买高价单、双滑雪板的顾客来说,自然希望从店员那里获得尽可能多的信息。但是他根本就没有学过滑雪,因此无法向顾客推荐或解释。他唯一能告诉顾客的,大概也就只有初学者用滑雪板和熟练者用滑雪板的区别了。但是,来店里的顾客都会毫不客气地提出具体的问题和指示。

"这个嘛,要让斜角垂下来,滑行面处于平坦的……"

专业术语一出现,他立刻就开始听不懂了。每当遇到这种情况,荻川只得留下一句"请稍等",跑去叫其他员工。

就这样过了将近2年。有时,他的销售额甚至比兼职人员的还低,这总是让他感到惭愧和痛苦。

每天早上,荻川都会一边想着"今天要是不忙就好了"一边上班。他总觉得自己是最差劲的销售员。除了荻川之外,还有2名员工销售业绩也总是不理想。其中一个是一起参加滑雪集训的那个青年。不知从何时起,他们3个人开始被称作"三傻三人组"。他觉得自己真是太没用了。

入职第二年冬天到来的时候,他终于决定辞职。他想大喊:"我才20岁,完全可以从头来过,我已经累了。"辞职后,他打算去从事建筑工人或卡车司机之类的工作。

但是，就这么断然辞职也是件很为难的事，那是因为有店长的存在。有一次，被前辈训斥时，和父亲年龄相仿的店长庇护了自己。"这也没办法，毕竟他才18岁，以前又没好好滑过雪。"

尽管当时荻川心想，如果店长太过替自己说话，以后自己又会被前辈唠叨，但他非常感激店长的关照。即使业绩不佳，店长也总是鼓励他说："你这周不是比上周卖得好吗？"

虽然荻川并不打算因为店长的话就恃宠而骄，但他喜欢这样一位不责备自己卖不出产品，反而鼓励自己的店长。他一次都没有训斥过荻川，只是一边说"加油"，一边温柔地守护着他。那种温柔带给荻川的力量别提有多大了。

当荻川抱着这种为难的心情提交辞呈时，店长仍然努力鼓励他。他被这份关怀打动了。

"你要是不在了，我会很寂寞的！！"

店长的眼中噙满了泪水。

"回家和你父母谈谈再下结论吧，我就不受理了。荻川，你再稍微努力一下，至少给我干上3年吧。"

荻川也觉得高中一毕业就开始工作是一件值得骄傲的事情。虽然只有短短2年时间，即使商品卖不好，也足以让他感到自豪。不过，尽管店长的话让他感觉有些依依不舍，但他自认为已经辞职，于是走出了工作的商店。接着，他觉得自己必须先把这件事告诉父亲。

"……父亲一定会揍我一顿吧。"

那天，他非常紧张地回到了家。

当他告诉父亲自己辞职时,父亲扔向他的不是言语,而是衣架和电视遥控器。

在荻川看来,正在将身上的西装换成睡衣的父亲心情还不错。要是他喝了酒,那肯定会二话不说地把自己揍一顿。

"我辞职了。"

就在他开口的那一瞬间,他看到父亲眉宇间的皱纹。

"你,一个大男人的,在干什么?!没骨气!!"

说着,父亲拿起衣架扔了过来。

"没骨气"是父亲的口头禅。

"你已经决定好了接下来要做什么吗?"

"还完全没有决定。"

"都快20岁的人了,还以为自己是谁啊,没骨气的家伙!"

荻川沉默了。不管父亲怎么生气,自己都已经递交了辞呈。虽然店长说还不会受理,但这已经和辞职没什么两样了。

"你知道吗,你才工作2年,对这个社会了解多少?高中毕业时还说了什么大话吧,真没骨气!!"

父亲之所以大发雷霆,并不是因为他辞去了公司的工作。

高中毕业时,荻川挺着胸膛说:"我不上大学,我要攒钱。"正因为如此,父亲才不允许他在此时毫无想法地就辞职。

"至少给我试试坚持3年!!"

被父亲这么一说的瞬间，荻川吃了一惊。

当他怀着会被父亲揍一顿的预感回到家时，他预测只要忍耐1个小时，之后父亲就会说"随你的便"。他觉得，自己马上就要20岁了，可以自己做决定了。但是父亲说"试试坚持"。这和店长的话如出一辙。荻川非常震惊，在一家公司连续工作了几十年的两个人竟然说着同样的话。

"我以为通过工作的历练，自己已经算得上是个大人了。但是，也许不是这样的。这不是自己就可以决定的事。这些人和我完全不一样，我还是个小鬼，之前只是在装模作样而已。"

再干一年……他的脑海中闪过这样的念头。

第二天一到公司，荻川就去向店长低头："我还是决定不辞职了。"

在去店长办公室的路上，有几个同事来问他："你要辞职吗？"入职2年的员工去店长办公室的理由也只有这个了。

他紧张地说："我想再试着努力一下。"店长听完，笑了。

"我很高兴，谢谢你。那么，从今天开始继续努力吧。"

对于宣称要辞职的员工，通常会说"谢谢"吗？

店长对其他员工没有透露过荻川曾提出辞职的消息，这让他很感动，也很感激。荻川下定决心要学习滑雪，自己不能再像以前那样待在公司里了。如果再被前辈指责销售业绩不佳的话，就对不起店长了。

那年冬天，他一个人去了从未主动去过的滑雪场，并且还不止一次。他利用公司所有的假期去滑雪，一直到滑雪季结束。他会在休息日的前一天晚上去滑雪场，在停车场睡一觉，然后滑一整天。算起来，他一个滑雪季去了25次。这一切都是为了店长。怀着报恩的想法，他拼命地坚持学习。同事们不解地看着他问："你到底怎么了？"

就这样，荻川之后又在公司工作了5年。然而，在为公司奉献了总共7年时间之后，他再次下定决心辞职。在这里做销售员的工作，对他来说，终究还是很辛苦。为了店长，他在曾一度停滞不前的公司里拼命工作。但是，即使在他学会了滑雪，也能理解专业术语之后，销售额依然低迷。无法对自己感到自豪，这一点不断地在伤他的心。

另外，有时他还会对来店里的顾客感到愤怒。每当这种时候，荻川就会更加痛苦。

他最讨厌的是与自己同龄的顾客。他自认为平时对年长者和前辈都以礼相待。而且，即使自己作为顾客购物，也绝不会对店员采取失礼的态度。他认为这是做人最起码的道德，对他来说是理所当然的行为。但是，来买滑雪板的年轻人大多不具备礼仪和道德。他总是无法接受这一点，不得不接待态度无礼的年轻人。作为店员，他拼命压抑着对他们的不满。

在这种情况下，他唯一感到欣慰的是与老人、孩子接触的时候。带着孙子来滑雪用品店的老人都是心地善良的人。在这种时候，他能感受到工作是件快乐的事。

"荻川君，下次一起去滑雪吧。"

店里的老主顾、一位精神矍铄的老人经常这样搭话。

"不不不,小辈不敢。"

"哎呀,你可别这么说……"

"在这里工作的哥哥滑雪可厉害呢。你一定要像哥哥那样滑得很棒才行哦。"

还有一些老人边买滑雪用品边这样教导孙子。他们为孙子买了并不便宜的滑雪板,看着他们,荻川总不禁莞尔。

对荻川来说,他们可以说是唯一的慰藉。他渐渐喜欢上了这些老人。

"说不定我喜欢老年人,我想在他们这样的人群中工作。"

于是,他觉得对自己来说,在老年人福祉机构工作或许是最好的选择。这和想做志愿者、"想帮助别人"的想法完全不同。为了自己,为了让自己有一种在工作的感觉,他觉得自己几经挣扎后的归宿应该就是那里。

"我希望从事老年人福祉方面的工作,所以想在养老院做事。"

进公司的第 7 年,当荻川把这个想法告诉父亲时,父亲说:

"你自己决定吧。"

之前父亲之所以勃然大怒,是因为荻川只是想辞职,没有经过深思熟虑。但这一次,他有了坚定的目标。正因为如此,父亲什么也没说。早在几个月前,他就已经告诉店长:"我想去养老院工作,请允许我辞职。"

一辞职,他就立刻开始找工作。他在饭田桥的免费职业介绍所查找招聘信息，去养老院参加面试。他原以为很容易就能找到工作，然而事实却相反，在所有面试中自己都被刷了下来。

每家养老机构都要求笔试和面试。一般情况下，会在写完一篇关于"护理保险"或"老年人"的小论文之后进行面试。在被刷下来三四次之后，他渐渐开始明白自己没被录用的原因：他没有任何可以写进简历的资格证书，而没有机构会雇用一个既没有资质又没有经验的人。

最初，他在每家机构都受到了面试官的称赞。

"你很有活力，真挺好，我们会积极考虑的。"

他说话干脆爽朗、恰到好处，这可能与他的销售经验有关。他平时生活中就非常注重礼仪礼节，这一点也会给人留下好印象吧。

荻川自己也有自信会被录用。电视新闻在报道老年人福祉机构的现状时，总是说人手不足的问题。一些节目片段也介绍了以女性工作者居多的老年人照护领域是多么需要男性加入。因此，参加面试时，他抱有一种天真的期待，觉得只要自己说起话来精神饱满，就能获得对方认可。

然而，每次信箱里收到的都是不合格通知书，上面写着"衷心祝愿您今后一切顺利，前程似锦"等内容。

集体面试的时候，身边很多人看上去都很软弱，只会嗫嗫嚅嚅地说话。但是，当他偷瞄一眼他们的简历时，发现所有人都持有"护理福祉士"等资格证书，而且资质一栏填得满满的。尽管他很自豪，认为"高中毕业就开始工作的自己比大学毕业生更有斗志"，但他也清楚地认识到，老年人福祉这一职业领域是多么重视资质。然而，换个角度来看，只有上了专科学校或大学才能取得的资格证书是非常昂贵的。对他来说，自己没有多余的时间去上学。

当他发现在老年人福祉机构找份工作也很困难后，就立刻开始了打零工。他曾在川口市的一家大型百货公司做装箱和分发传单的工作，还曾在人才派遣公司注册，有时会在建筑工地和搬家公司打工赚取日薪。虽说这些都是暂时的，但他彻底成了一名飞特族。当然，他并没有放弃在老年人福祉机构工作的想法。相反，他下决心一定要找到工作，并估计这将是一场持久战。由于屡次被拒，他还有一次差点要放弃。但这样一来，就意味着他又要重复同样的事情。即使要花时间，他也做好了找工作的心理准备。

在此期间，他决定先参加在免费职业介绍所的宣传手册上找到的培训课程，以取得家庭访问护理员二级资格证书。该资格认定不需要考试，任何人在经过每周一次的课堂学习以及实习之后都可以取得。在此过程中，课程会教授如何给老年人喂饭和洗澡、如何换尿布、如何推轮椅等最起码的必要技能。

这就意味着，在养老院工作并不仅仅是和老人愉快地进行交流互动。现实情况是，别说年轻人，大多数人都会讨厌给人擦屁股、照料他人洗澡这类事情吧。

不过，荻川对这些事情却毫不反感。他的认知大概就是，即便是自己在上厕所时，手上也可能沾上污物。他自己也不知道为什么会这么想。不过，当他后来作为家庭访问护理员开始工作的时候，朋友们都说："正因为是荻川，所以能胜任这份工作。"这句评价是对他性格的真实写照。

培训在埼玉县的日医学馆进行，全部课程计划半年结束。在60多名学员当中，包括荻川在内只有3名男性。

碰巧来听课的学生中，有一名在川口市的大型百货商店兼职的中年女性。她是荻川在百货商店的自动扶梯旁分发传单时认识的女性。当时，她露出一副对这突如其来的邂逅感到惊讶的表情，并过来跟荻川打招呼，荻川则坦率地说出了自己希望在养老院工作的想法。

"你还年轻，很快就能找到工作的。"

正当荻川心想着自己可没那么顺利的时候，她突然开口说：

"在百货商店做前台接待的那个女孩的父亲就在这样的机构工作，我会把你的情况跟那个姑娘说说看的。"

那时他已经26岁了。

他成为飞特族已经快一年了。虽说有目标，但他已经厌倦了这样的生活。就在这种时候，面对突如其来的天上掉馅饼般的工作机会，他立刻跃跃欲试。

前台接待的那个女孩给他介绍的是位于练马区丰岛园游乐园附近的一家名叫"S"的养老院。"拨打这里的电话就行了。"说着，她递过一张便条纸。

便条上是一名叫中林的资深护理员的联系方式。依靠这层关系，他给养老院打了电话，对方说让他先过来一趟。

面试他的是养老院的女社长。

在其他机构，他一定会被问及"为什么选择这里"，但这位女社长没问这样的问题。

在面试过程中,一名住在养老院的女性走了过来,称呼荻川为"老师"①。这名老年认知症患者看到他穿着西装,便这样称呼他。尽管有点惊讶,但他还是猛地站起身来,精神饱满地打招呼说:"早上好!"那名老妇人回应道:"哎哟,早上好。"便离开了。

这预示着荻川接下来将迎来全新的体验。他以前从来没有见过患有认知症的老人。要知道,入住养老院的并不都是健康的人。生活在这里的入住者既有卧床不起的人,也有患有认知症的人。

面试结束后,双方很轻松地就谈妥了,仿佛之前的辛苦都是一场梦。

"那么,你能从明天开始就立刻过来吗?"

社长这么一说,荻川一时不敢相信自己的耳朵。他自己也没想到会这么简单地就定下来了。

就这样,荻川终于成功就职。通过自己的努力,他总算找到了自己想要从事的那份职业。他感觉作为飞特族生活的这一年非常漫长,感觉自己是在浪费时间,有时甚至差点坚持不住了。而就在这一瞬间,这一切终于结束了。

"S"是一家自 1980 年起就存在的老牌养老院,荻川第一次看到这栋老建筑时,就觉得"好脏啊"。或许因为他在进行二级家庭访问护理员见习时看到的养老院都是刚开设

---

① "老师"(日语写作"先生")一词在日语中是一个相当尊敬的称呼,一般可用于尊称各个领域的专业人士或处于领导地位的人,比如教师、律师、医生、议员等。

我们工作的理由、不工作的理由、不能工作的理由　　167

的，且配备了最新设备，里里外外都是锃亮的，所以这种感觉更甚。

为了防止患有认知症的老人擅自外出，入口处的自动门被设置成只有同时按下3个按钮才能打开。

第一天，荻川看到养老院里聚在一起的老人，一时间说不出话来。他一进去，他们就一齐回头看向这名陌生的来访者，养老院饲养的狗也叫了起来。这与荻川想象中的"养老院"完全不同。这里既不像医院，也没有被束缚的感觉，气氛非常自由，毕竟这里连狗都有。

尽管在大厅里放松的至多不过10人，但当他看到这幅景象时，觉得这10位老人看起来都一样，同时感到"原来这里有这么多人啊"。他甚至不知道他们是男是女。如果是与自己年龄相仿的人，光看脸就能大致猜测对方是不是好脾气的人，但他们却不是这样的。既不知道他们的声音是怎样的，也不知道他们会怎么跟自己说话。"我要在这里工作吗……"一想到这里，荻川不禁感到不安，他不知道自己能否坚持下去。

还有一点让他在意的是养老院的气味。就像学校的教师办公室和理科教室会有特别的气味一样，养老院同样有某种独特的气味。这和拜访别人家时产生的违和感也有所相似，是他从未闻过的味道，花了些时间才习惯。

在早会上，他被介绍给了其他的家庭访问护理员。这里总共有约80名护理员在工作，平均每天大约有15人轮班。

首先由负责总指挥的社长告知全体员工前一天的情况，她列举了身体不佳者的名字，"××先生/女士有点发烧""××先生/女士昨天发出了很大的说话声"。接着是来自家庭访问护理员的汇报。最后社长通知大家:"今天有一位新人小伙子加入了我们。"

"初次见面,我叫荻川。我什么都不懂,还请大家多多指教。"

接着便响起了一阵稀稀落落的掌声。

"中林,今天来了个见习的小伙子。"

社长话音一落,一位看上去沉默寡言的中年男子回应说:"我知道了。"然后走到了荻川身边。

第一天,在中林的带领下,荻川参观了养老院内部。

房间都是单间,类似酒店的单人房,这么说应该很容易想象出房间的布局。窗户也很大,建造得非常舒适。

在参观的过程中,荻川看着养老院内部,仍不免觉得"好脏啊"。中林也许察觉到了他的心思,一边打扫房间一边说:

"这地方太旧了。"

"只要有经验的积累,就一定能掌握这些技术,因此完全不必担心。总之,多和各种各样的人交流吧。"

此外,他还教导荻川要将"温柔和善"视作珍宝。

他带荻川参观了浴室和医务室,在机构里转了一圈,一直转到了3号馆。这地方就像迷宫似的,完全不知道哪里是什么地方。

就这样,不一会儿,吃饭的时间到了。荻川默默地观察着中林的工作。

"××先生,今天天气非常好,等你吃饱了有精神了,我们就去散散步吧。"

中林一边说着，一边把勺子慢慢地送进长期卧床的入住者嘴里。他放低姿态，喊着对方的名字。只要有一点食物从嘴里掉出来，他就马上用毛巾帮着擦嘴。看到这种情形，荻川不由得认为那名入住者看上去今后恐怕都很难再出门了。但是，中林边鼓励边喂其吃饭。正因为这句话是从他的口中说出来的，所以才给了对方力量。入住者和护理员之间确实存在着这样一种信赖关系。

看到这样的情境，荻川决定继续在这家养老院工作。尽管不知道自己能否胜任，但他觉得，只要这是一个重视"温柔和善"的地方，就能坚持下去。

到了傍晚，作为见习生的第一天结束时，中林最后说道：

"怎么样？荻川。应该还不是很明白吧。不过，请至少坚持一年试试看。"

和父亲、店长一样，大概50多岁的中林在这里也使用了"坚持"一词，这给荻川留下了深刻的印象。

大致说来，养老院的工作就是打扫房间，必要时换尿布、洗床单和其他衣物，协助用餐、洗澡等。此外，剪指甲、刮胡子也是护理员的工作。再就是和住户们聊天、散步……

刚开始做家庭访问护理员时，荻川首先要做的就是了解这个世界的一些常识。例如，他从未见过卧床不起的人或患有认知症的老人，所以不知道那是一种怎样的状态，心中既有误解，也有臆想。他首先必须要明白这一点。

有一次，一名入住者不停地说"请救救我"。荻川立刻跑去搀扶那个人的手，但周围的护理员都装作没看见，径直走了过去。他不明白，为什么入住者在自己面前求助，而这些人却不闻不问。后来他才知道，那是认知症患者的症状。另外，即使是卧床不起的人，也和他想象的很不一样，他们能够很好地进行应答。只有像这样多次经历每一个过程，才能适应这个陌生的世界。

第一次面对这样的老年人时，荻川产生了近乎恐惧的感觉。那并不是对老年人本身的恐惧，而是面对自己无法理解的事情时产生的畏惧之心。突如其来的喊叫声，以及患病老人偶尔流露出的空洞眼神，都是他从未想象过的。

尽管如此，也有人即使发烧到将近38度，但吃饭时仍旧狼吞虎咽，不一会儿就吃光一碗饭。荻川在协助他们用餐时，会特意握住对方的手，但那只手的力量之大远远超出了他的想象。

刚开始工作时，他最不擅长的就是和入住者交谈。他认为正如中林所言，技术上的东西会在继续这份工作的过程中掌握。然而，无法交谈是最先要解决的问题。他很苦恼，甚至觉得自己因不习惯工作而感到困惑和畏缩不前的表情或许传递给了对方。

不过，问题的症结似乎是他还没有完全记住所有入住者的名字。

在养老院里，会称呼入住者为"××先生/女士"。认为称呼他们为爷爷、奶奶能够代表关系亲密，这恐怕是一种错误的认识。如果在只有高龄者的养老院里允许使用这样的称呼，就会产生在不知不觉中把入住者用"老人"这个框架括起来的危险，这是家庭访问护理员不希望看到的。正因为如此，使用"××先生/女士"这样的称呼，对于让护理员始终保持"入住者是独立个体"的意识，是非常必要的。

获川一点点地记住了大家的名字。一开始，只有两个人在房间里的时候，他不知道说什么好，令人讨厌的沉默会一直持续，而他害怕这种沉默。但很快，入住者就开始主动和总是精神饱满地打招呼的获川说话。他注意到，只要准确地叫出对方名字，然后干脆爽朗地说话就可以了。于是，他逐渐认识到每个人都有不同的个性。养老院里有形形色色的人，健康的、痴呆的、卧床不起的、生病的，每个人性格不同，想法也各异。如果仔细观察，就会发现他们房间里装饰着自己制作的手工艺品，或者他们正在看电视上的棒球比赛，其实有很多可以聊的话题。

"哎哟，你真有活力啊。"

一位入住者对他这样说道。

获川觉得即使没有技术，只要有活力，总会有办法的。从那时起，他就有了能够继续从事这份工作的信心，尽管他还不知道自己是否适合，但他认为现在这种状态已经没问题了。

获川成为家庭访问护理员已经 9 个月了。不言而喻，对于今后的他来说，这 9 个月是非常重要的一段时间。

在这期间,有几名入住者去世了。其中一名是在他的臂弯中离世的。每当这种时候,他都觉得自己应该更仔细地为对方刮胡子,更认真地为对方擦洗身体。他也感觉到,或许有人会说这样思考问题的自己不适合这份工作。然而,他相信遗憾是不可避免的。

在感到悲伤的同时,去世的入住者给他留下了巨大的力量。他看到了他们即使非常痛苦、昏迷不醒,也要努力活下去的样子。这种时候,他感觉到自己体内也有一股对生命的坚韧能量在蠢蠢欲动。一种想活下去,且必须活下去的想法在他心中蔓延。

这样想着,不知不觉间,他对人生的焦虑消失了。

打篮球时、在滑雪用品店工作时、找不到工作当飞特族时,他总是有一种急于赶路的心情。他当时满脑子都只想着要勇往直前,现在必须做、现在必须决定、现在就是一切。但是,在养老院照顾老人的过程中,他觉得自己的这种情绪渐渐变淡了。比如,在给入住者剪指甲、刮胡子时,只要指甲、胡子一长长他就会很想立即剪掉。但他觉得,这并不一定意味着立刻剪掉是正确的。重要的是,要在对方希望剪掉的时候再来帮忙。

"正因为现在不急着把所有事情都做完,明天才能又见到他们,不是吗?"

也许在那一瞬间,荻川迎来了属于他自己的成熟。

荻川永远不会忘记平时挥舞着拐杖大喊大叫的入住者在妻子来访时露出的笑容。看到家人来访时他们开心的样子,连荻川都觉得很开心。

他也犯过各种各样的错误。比如，即便现在也经常弄错入住者的姓名，也有过脱掉尿不湿之后直接给对方穿上裤子的时候。还有，忘记给对方盖被子时，他会慌忙地返回房间。

一起在外面散步的时候，有人就武士这个话题整整讲了30分钟，说"男人就应该去战斗……"。因为那位入住者耳背，所以荻川一边大幅度地点头一边走着，一遍又一遍地表示肯定。他们所讲述的故事让人听着很兴奋，尤其是与战争经历相关的故事。

"××先生/女士，我们下次去泡澡吧。"

有一次，他一边这么说着，一边慢慢地把勺子送到卧床不起的入住者嘴里。这句话并不是出于鼓励。

在面对那些被认为无法外出的卧病在床的入住者时，他会发自内心地希望能带他们出去走走。他希望明天还有以后，自己都能再喂他们吃饭，还想帮他们泡澡。现在回想起来，在养老院见习时，中林对入住者们说的那些话或许也并不仅仅是一种鼓励。

等自己老了的时候，会有人为自己做这些事情吗……在近距离体验了老年的世界之后，他第一次有了这样的想法。只要还活着，谁都会变老，会变成需要被照顾的一方。对自己来说，那一刻也终将到来。

"我想一辈子干这份工作。"

不知从何时起，他下定了这样的决心。

在宁静住宅区一角的老人院里，有这样一位家庭访问护理员。

第七章 我在为何而活?
—— 校外补习机构年轻经营者的内心纠葛

从神奈川县藤泽车站步行约20分钟，就能看到一栋三层楼的建筑，它静静地坐落在住宅区的一角，与其他房屋融为一体。那就是我曾经就读的校外补习机构。

在那栋建筑物的车库里，杂乱地摆放着改装过的汽车、摩托车以及一些工具和用旧了的轮胎。有时，还能看到补习机构经营者有田淳在白天光线充足的时候摆弄着汽车或摩托车。因为玄关处挂着"小中高、小班制、威尔学院"的牌子，所以一看就知道那是一家补习机构。

走进建筑物，会发现教室的一部分被改装成了隔音室。房间的一角有一个用隔音材料搭建而成的箱形空间，里面放着鼓和吉他，随时可以演奏。之所以不时能听到鼓声，是因为学生和校长本人正在里面练习。

隔音室外面放置了钢琴和电脑，只要跟校长打个招呼，就可以自由使用。

即使在上课时间结束之后，这个补习机构的教室依然灯火通明，学生们永远都在谈笑风生。就算是深夜，也总感觉里面还有人在。

那天，凌晨2点多，我和校长说话的时候，一直留在教室里聊天的3名学生回去了。学生们无忧无虑地说道："校长，再见。"而他则亲切地作了回应。

那是我初中二年级时候的事情。

"今天补习机构休息，你明天再来吧。"

傍晚的日落时分，当我去办理入学手续时，留着金色长卷发的大哥哥对我这样说道。这就是我与校长有田淳的相遇。

在进入"威尔学院"之前，我从未真正去过补习机构这种地方，只因"很多朋友都在那里补习"这个理由，我决定进入威尔学院。

而与校长的相遇，对我来说意义非凡。

今天，我久违地打开了威尔学院的大门。

在大学期间，有田是立志成为音乐人的年轻人当中的一员。

当时，随着乐队热潮的突然兴起，周围的许多乐队都实现了初次登台。他同时加入的几支乐队也因演奏才能获得认可，而他作为鼓手一度活跃在舞台上。

总之，那个时候他每天都泡在音乐里。曾经有一段时间，他同时加入了10支乐队，每周有3场现场演出。他还曾经以一次5万日元的价格作为明星的伴奏乐队演出。由于他不去上课，升入大二后，经历了两次留级。他偶尔去听课的时候,其他学生都很惊讶。

但是,就在他们即将步入职业乐坛的时候,过热的乐队热潮之火突然熄灭了。于是,他开始越来越多地听到自己一直尊敬的音乐人的痛苦现状。

"听说××的生活也很艰难,靠乐队根本无法谋生。"

听到这些话,有田不由得开始考虑自己今后的人生。

"就连我所尊敬的他们都根本没办法谋生,那我可能完全不行……"

即便如此,他也不可能讨厌音乐。他觉得自己可以永远坚持下去。

可是,尽管他这么认为,但在一开始就受挫的这种环境变化中,有田并没有能靠音乐谋生的自信。

正当他犹豫是否要放弃乐队活动的时候,朋友跟他谈起了补习班的工作。

"因为我现在想上东大,必须准备考试,所以要不你替我去补习机构工作?由于突然辞职的话太不负责了,所以我想介绍一个人过去之后再辞职。"

这是高中时期的朋友给他打来的电话。

有田一边疑惑为什么朋友会给自己打这样的电话,一边开始思考。

就算退出乐队,他也不知道自己该做什么好。不过,他还是犹豫要不要答应朋友的邀请。一直以来,他都坚持对身边的朋友说"我是认真在做乐队的",一直强调"我要做自己的音乐"。面对这突如其来的补习机构的工作,他觉得自己怎能如此轻易地投身其中。而且,对有田来说,要和执着了多年的音乐及乐队告别,并不是一件容易的事。

他很苦恼,因为自己的想法有所动摇,偏向去补习机构工作。但是,做出这个选择需要某个令人信服的理由。他需要一个放弃梦想的借口。

他选择相信,原本是因为快乐才做的音乐一旦变成工作,那快乐的部分恐怕必定会消失。有灵感的时候写曲子是件开心的事。但作为专业人士,如果被要求"在什么时候之前必须写出来",或者"必须写畅销歌曲"的话……

"我没有克服这类困难的毅力,也没有热爱音乐到那个份上,说到底只是在兴趣范围以内。"

就这样,为了脱离乐队和音乐,他给自己找了一个正当的理由,并在脑海中反复地弥缝前后矛盾。他逞强地说:"我再也不会玩音乐了。"为了从这种矛盾中逃脱出来,他试图竭尽全力想出各种借口和令人信服的解释。

然后,好不容易整理好自己的心情后,他决定接下补习机构的工作。

那时,他即将年满 21 岁。

1967 年,有田出生于镰仓。

他的父亲是一家大企业的上班族,母亲经营着一所校外补习机构,招收来自相对富裕家庭的私立学校学生。

小学的时候,有田是附近有名的孩子王。他喜欢做引人注目的事,打破学校的玻璃窗,把池塘里的鲤鱼转移到淡季的游泳池里钓鱼,把酒精灯全部从教室里偷出来,等等。不知不觉间,这个从不缺少话题的少年的名字传遍了整个小学。到了小学高年级，他有时还会和初中的不良少年纠缠在一起。但是，有田在商店街的正中央摞倒了几个初中生，那几个人曾吓唬他说"等你来了初中，我们可要教训你"。

他很期待升上初中后大显身手。

"等上了初中，我要成为不良少年，然后和女孩子们玩校园剧里演的那种青春游戏。"

如果就那样直接上公立初中，有田无疑会谱写一曲不良少年的青春之歌吧。

不过，在这种调皮捣蛋的同时，有田对学习也有很强的好奇心。拼命胡闹的他之所以在小升初考试时以私立学校为目标，也是因为父母看到他如此强烈的好奇心，觉得"说不定能考上"。他的少年时代开始朝着意想不到的方向发展。

他满怀热情地阅读昆虫、岩石等的图鉴，有疑惑不解的问题时，经常会去询问母亲。

"为什么会发生地震呢？"

"为什么要打仗呢？"

于是，经营补习机构的母亲向他解释地震的原理，谈到共产主义、资本主义和宗教等等话题。他热心地倾听母亲的讲解。

"'被热羹烫过，吃醋拌生鱼丝也要吹一吹'①是什么意思呢？"

---

① 即惩羹吹齑，比喻曾吃过大亏而心怀戒惧，遇事过分小心。

我们工作的理由、不工作的理由、不能工作的理由　　181

他问这个的那天，母亲拿出醋拌生鱼丝作为晚饭的配菜，说道：

"这就是醋拌生鱼丝。"

母亲擅长语文、社会等文科科目，而父亲则擅长数学等理科科目，会用图表来进行解释。与母亲的耐心讲解相反，父亲属于冷言冷语型，他会说："你连这个都不知道吗？自己去查。"但也正因为如此，有田学会了如何独立思考。

他的这种好学之心，在小学低年级时还没有和成绩直接挂钩。不过，大约在升入五年级的时候，他受到批评："你至少要好好学习一下课本内容啊！"于是，他开始独自阅读课本，就像空气中的水蒸气达到饱和一样，眼看着他把学习变成了擅长的事情。他从来没有做过什么特别的习题集，只是就教科书上有疑问的地方向父母提问，从父母那里得到回答。这样的过程让他觉得很有意思，在提问与回答的重复中，不知不觉间，他把姐姐用过的六年级课本全部读完了。他并没有强烈感觉到自己是在学习，而只是单纯觉得课本这个未知的世界很有趣。对他来说，学习就是一头扎进自己想要了解的领域，是一个满足自身好奇心的过程。

望子成龙的父母让有田参加了一所大型预备学校的模拟考试，他取得了全校前十几名的成绩。之后，他去一家大型校外补习机构上课，在分班考试中也名列前茅。离小升初入学考试还有 2 年左右的时间，"应试"终于成了现实问题。不过，他并没有感到特别的压力。相反，每当模拟考试或者补习机构公布成绩的时候，有田都觉得自己好像在玩一场游戏，考上心仪的学校就能过关。结果，尽管很久以前就开始准备初中入学考试的同学落榜了，他却闯过了名牌学校荣光学园的升学考难关。

"接下来的目标就是东大了。"

被录取的当天，母亲含着眼泪这样对他说道。

由于进入了荣光学园，有田本人也开始对"东大"产生了兴趣。毕竟这是一所初高中一贯制名校，一旦被录取，上东大自然就会成为目标。一个曾想过上公立初中并成为不良少年的男孩，如今却上了这所名校。

当有田了解到东大的学生运动时，他眼中的东大变得更有意思了。

"原来是东大的学生制造的炸弹啊，这也太酷了，能在东大做炸弹的可是大人物啊。"

有田一入学就取得了年级前20名的成绩，不知不觉中，从荣光到东大这个目标与他所向往的人生相一致了。

然而，有田还有一个遗憾。那是他在肆意胡闹的小学时期所描绘的愿望：他希望在男女同校的公立初中成为不良少年的头目，像校园剧里那样度过自己的青春。

他觉得在荣光学园这所男校里很难实现这个愿望。也许是因为自由的氛围，学校里弥漫着一种风潮，不管抽烟还是染发，似乎都只会被认为"这不也是一种生活方式吗？"——不要把他们看作"不良少年"，而是选择去接受他们，认为"也会有这样的人存在"。尽管他觉得这样的现状很无聊，但也别无选择，只能闷闷不乐地升入初二。

也正是在这样的时候,他知道了摇滚乐队横滨银蝇的存在。在此之前,他装出一副孤高的样子,认为"朋友中只有我一个人进入了他们都不了解的'学习'的世界",以此说服自己接受现实:他无法作为"不良少年"度过校园剧般的青春。然而,横滨银蝇的音乐仿佛给了他一种指引,让他有了另一种展示自我主张的途径。他接触到从未听过的具有攻击性的声音,心想这真是太酷了。

"就是这个?"他灵光一现。

他觉得如果组建一个乐队,就能强烈地展示自己的存在。这样一来,或许可以用自己的双手创造出本该在公立初中尽情享受的青春。

于是,有田在荣光学园上学期间,一直过着只与乐队有关的生活。

没花多少时间,他就迷上了音乐。刚一开始,他就感觉到,要真正演奏一首乐曲,需要付出巨大的努力,得下功夫。

作曲需要时间,练习也需要时间。而且,越是想创作出动人的原创歌曲,就越会陷入音乐的深渊。这给他带来了诸多乐趣。

他的生活重心完全放在了乐队活动上,一年、两年、三年过去了,他已经完全沉浸在音乐的世界里走不出来了。这样一来,他在学校的成绩逐渐降了下来。到了高三,他开始在 Livehouse 演出,最终成绩落到了全年级倒数第 7,惨不忍睹。

然而,即使在成绩不佳的情况下,有田对自己"考去东大"这一人生梦想也毫不怀疑。此时，他在心中交织着"乐队"和"东大"这两个故事。一方面，他热衷于乐队，和小学时的朋友一起偷摩托车去参加暴走族集会；另一方面，东大依然是他完成另一个故事的要素。

简单地来说，在荣光学园，差不多就是努力学习了的人进东大，头脑不太清楚的人去早稻田或庆应大学。这样的话，以倒数第7的成绩考上东大的故事倒可以说是最好的设定了。

于是，他想象着这种反转的剧本，打算独自出演。他想创造一个取得压倒性胜利的故事，想让自己的名字刊登在周刊的东大录取者专栏上。

不过，这个故事却迎来了对他而言的坏结局。他的名字并没有出现在东大的录取名单上，倒是有几个他认识的名字稀稀落落地出现在其中。

这是有田第一次遇到挫折。他非常不甘心。并不是因为没考上东大而懊恼，而是因为事情的结果与他所描绘的故事相去甚远，进而产生了一种挫败感。

"行吧，那就去庆应搞乐队。"

他突然改变态度，又这样劝说起了自己。

有田做梦也没想到，几年后会有那么多孩子叫自己"校长"。

20岁的有田开始担任讲师时，他所在的校外补习机构威尔学院是一所大型预备学校的特许经营学校，很早就引入了当时还很少见的"小班制"体系。

因为是大型预备学校的特许经营商,所以要求大学生讲师们遵守各项规定。从尽量打领带穿西装、不穿牛仔裤上课、"作为成年人"注意发型等仪容相关的条目,到禁止体罚、注意责骂方式、布置作业及上课方式、避免在校外与学生私下接触、提前 15 分钟到教室并确认环境是否整洁等具体事项,学校制定了诸多规则。

有田被安排负责小学六年级和初中二年级的班级。但是,他并不打算遵守那些工作指南,也或多或少有些自暴自弃的感觉,毕竟这原本就是他退出乐队后不知道该怎么办才突然闯入的世界。

不公开的工作指南中,还有诸如"发现棕色头发的孩子时要向办公室人员报告""拒绝棕色头发的学生入校"等规定。而他自己依然是搞乐队时的那身装扮,并没有把已染成金色的长发染回黑色或剪掉,还穿着牛仔裤工作。他的课堂营造出了一种异样的氛围。

过了一段时间,他开始在深夜骑着摩托车和一些学生一起到处玩。他不使用指定的教材,而是以"我就是教科书"的姿态授课。要是总公司的员工来核查的话,肯定会出大事吧。

有田之所以没有被炒鱿鱼,还能自由地安排课程,是因为当时补习机构的女性经营者容许了他这么做。虽说最初是她出于经营管理上的考虑,想把三层住宅的一部分作为出租区域利用起来,才开办了这家补习机构,但她似乎觉得既然要办,还是营造出一种轻松自由的氛围更好。就在没有补习机构办学经验的她正在摸索特许经营商的发展之路时，有田出现了。对于年轻的有田顶着一头过于艳丽的金发上课，她没有表示出任何的异议。

有田本人也并不是想给学生们上那些华而不实的极具个性的课。他自己上过补习机构和预备学校，母亲也经营过补习机构，所以他认为自己知道补习机构能够允许什么，也知道可以胡来到什么地步。此外，对于必须控制的事情，他也有自己的一套规则。

他的这种理念在很大程度上受到了高中时就读的补习机构的一位女老师的强烈影响。

当时，他所就读的补习机构专门教授数学，只招收镰仓一带成绩优异的学生。那位女老师把数学当作一门深奥的"学问"来教授，而不仅仅停留在考试技巧的层面。她在教学的时候，无论面对的是高中生还是初中生，都试图将"学问"拓展到探究人类、哲学和宗教的层面。那位女老师的这种理念让他深受感动。

"我们必须把人类美好的部分和肮脏的部分都揭示出来，首先要认识到彼此都是人，认识到教师和学生都一样是人。"

他觉得这才是补习机构应该有的样子。

在补习机构上学期间，有田开始向这名老师讲述真实的自己。搞乐队的事、做过的各种坏事，他全都告诉了她。她首先对有田进行了肯定："不挺好的嘛，这种能量很重要。"然后她说："这种能量还可以通过数学进一步发挥出来。"这句话对当时的有田来说简直难以置信。

但是，在倾听她授课的过程中，有田开始相信这句话是真的。她的课既振奋人心，又惊心动魄。有田越学越感觉数学有趣而深奥。

当有田告诉她这一点时，她说：

"不仅仅是数学，其实人类的一切活动本身都是文化。比如，把性欲、食欲等欲望升华为学问和艺术的也是人类。不仅仅是为了填饱肚子，在其中寻求文化的正是人类，对不对？正因为如此，一流的料理才成为一种文化。而且，即使食欲和性欲得到了满足，但对事物的求知欲，无论如何想把道理弄明白的欲望依然存在。人类是一种有着打破砂锅问到底的求知欲的动物。所以，如果能首先满足各种欲望，然后再去真正追求更高层次上的求知欲，你就会在学术方面取得成功。"

虽然在荣光学园的成绩处于低谷，但有田细细咀嚼着这句话，并让它一直留在了自己的心里。

毕业时，她和学生们一起许下誓言："让我们今后也以文化人的身份生活下去吧。"她说的每一句话都让有田终生难忘。

在威尔学院，有田并没有模仿那位女老师的做法，但他思维方式中的一个重要支柱就是对她的哲学的消化。在这所作为大型预备学校的特许经营学校稳健经营着的补习机构里，他之所以能够大胆地贯彻自己的方针，正是因为拥有自信。

最先对有田的课表现出兴趣的是学生们。

他的课与其他老师不同，很有启发性。而且，尽管师生在校外接触是被禁止的，他却积极地与学生课下交流，学生们对他敞开了心扉。让学生坐他的摩托车是司空见惯的事。"我想试试开摩托车""我想坐在摩托车后面"等等来自学生们的要求也与日俱增。

与此同时，他所教班级的学生成绩也稳步提高，补习机构开始明显焕发出勃勃生机。

"最重要的是反复地先把基础打扎实。为此，最好的办法就是在课本上下功夫，之后才是应用型问题。因为如果连基础知识都没有掌握好就突然做难题，那就跟让洗澡水空烧一样，所以，首先要把水蓄好。"

当我还是威尔学院的学生时，他曾对我说过这样的话。他的课非常正统，在英语课堂上，他首先会反复讲解基本语法，而不是阅读难懂的英文。

有田从经验中明白，如果能理解教科书开头所写的内容，就能预测到之后的发展。就像高中时遇到的那位补习班老师引导自己那样，他试图把学生们带领到发现学问中所隐藏的趣味的那个入口。

而且，最重要的是，学生们认真地把有田的话听进去，提高了学习成绩。即便同样是正统且简洁的课程，学校的大多数老师也很难吸引学生。但有田的课大家都听得非常认真。这个顶着一头过于艳丽的金发上课的大哥哥一本正经讲课的样子，在一些人看来有些滑稽之处，但它却具有吸引学生的强大力量。

半年后，有田成了学生们当中的人气王。他们被有田的课堂所吸引，因为他除了学习之外，还会做有趣的事情，他们开始期待他下次会做什么。这种期待会成为让学生认

我们工作的理由、不工作的理由、不能工作的理由

真上课的动力。很快，仰慕他的学生开始带朋友来上课，而这些新来的孩子也同样期待着"上了这门课好像会有好玩的事情发生""认真做的话会有奖励"，于是他们又会带别的朋友来。如此循环往复，补习机构的学生人数不断增加。就这样，学生人数在半年内翻了一番，一年内增加了2倍，从有田刚开始工作时的约30人增加到了100多人。

"你要不要试试经营补习机构？"

大约是在学生人数扩大到百人规模的时候，当时的补习机构经营者突然这样问他。

仔细听经营者一说，原来她当时的家庭状况很混乱，实在无力经营补习机构，但又觉得任其倒闭太可惜，所以问有田是否愿意接手。

当时，有田坦率地认为："我原本退出乐队后也没有目标，不知道该做什么才好。突然闯进了这个世界，现在出乎意料地有好消息降临了！"他一方面感觉自己像中了彩票，一方面在心里犯嘀咕："我真的可以吗？"补习机构的经营者紧接着说道：

"破产倒闭了也不要紧，不行也没关系。"

他曾经描绘的一举逆转考上东大的故事破灭了，成为音乐人的故事也没等完结就没有下文了。这时突然登场的补习机构给当了约一年讲师、即将22岁的他指明了意想不到的方向。

当下，他完全没有产生不安的感觉，而是想着："尽管我选择失误，但或许也因此得到了好东西。在像我这样的人当中,有想要再考一次东大的,也有为了继续做乐队而去打工。我在他们当中可能还算是比较幸运的。"他觉得"就算待在大学里也没什么意义",于是,在同一时期,他决定从大学退学。

年纪轻轻就当上校长之后,有田把威尔学院从大型特许经营商中独立了出来。然后,他在补习机构的三楼安排了自己的房间,把其余房间全部用作教室。

在那之前,他只是作为教师和学生们打交道,但现在他的工作变得非常繁重,令人头晕目眩:不仅要指导七八名教师,还要管理各类事务、编写教材、与家长打交道,而且要给学生上课。

一时间,学校被染成了他的颜色,变得越来越有个性了。

如果有学生想骑摩托车,有田就会说:"你要骑就得好好骑,我来给你做个示范。"然后骑给对方看。如果有喜欢钓鱼的学生,他就会说:"你也教教我钓鱼吧!"然后开始认真学钓鱼。他经常借CD给学生,向学生介绍他们所不知道的音乐类型和歌手。当学生们在学习上遇到困难感到痛苦时,会在与有田的交流中发现新的世界,这让他们感觉到自己的栖息之所就在补习机构,从而生出新的干劲。

我本人也从有田那里得到了很多东西。高一辍学的我通过大检考试后,拼命寻找上大学的意义。母亲告诉我:"等差不多25岁之后,如果想去上,到时候再去不就好了吗?"可那时的我很焦虑。

"上大学有什么意义?"

我曾经抱着非常急切的心情向校长有田提问。他这样对我说道：

"你只有去了才知道上大学有什么意义。不过，想上大学却没能上成的人和能上大学却没去上的人，你觉得哪个更帅？所以，先去上上看，如果到时觉得没意义再放弃就好了。因为你可以在大学里做任何事，即使4年什么都不做也可以。我有个朋友4年里除了一直观察人，什么都没干。"

这是只有他才能说出来的话。他自己在大学中途退学，属于"能上大学却没去上的人"。我被他的这段话推动着，找到了应试学习的暂时性意义。现在回想起来，当时他是理解我的。他知道我其实想上大学，也知道我只是想要一个明确的理由，所以才那么对我说。和其他很多学生一样，他让我有了学习的目标。

在威尔学院，有田把那些被视为"怪人"或被称为"御宅族"的学生的爱好和言行当作美德看待。

"人们常用'御宅族'这个称呼来取笑一些人，但其实御宅族支撑着整个世界。比如，你们用微波炉吧，要是没了冰箱就麻烦了吧。这些可都是御宅族做出来的吧？"

有田这样对学生们说道。他的语气仿佛在说，谁能尽早意识到这一点，谁就是赢家。

于是，当学生们鼓起勇气展现自己的个性时，就会发现这种个性出乎意料地受到周围人的欢迎。这样一来，他们会感觉愉悦并获得自信，从而进一步发挥自己的个性。他们开始认为"怪人"是"个性派"，"宅男"是"专业人士"。音乐、汽车、钓鱼等等都是他们不会在学校里主动谈及的御宅族话题,而补习机构却成了他们可以畅谈这些话题的地方。

渐渐地,他们在补习机构里互相敞开了心扉。

看着孩子们展现自我的样子,有田觉得很有趣。归根结底,他们所追求的是真正的交流,但他们不知道去哪里才能实现这样的交流。

有田积极地和他们一起行动。下课后,有田和他们没完没了地聊音乐,或是开车带他们出去玩,又或是深夜一起去钓鱼。尽管有时他自己都弄不清哪些是学费范畴以内的工作,但他觉得这种没有界限的状态很适合自己。威尔学院无疑给了孩子们接触家庭和学校之外世界的机会。

然而,随着有田在当地的名气越来越大,那些不认同他做法的家长开始来找他了。他们对自己的孩子沉迷于聊天,迟迟不从补习学校回家,或是在从补习学校回家的路上闲逛的行为感到不满。

"既然是补习机构,那就只要教孩子们学习就好了,这才是我们付费的目的。"

"谈论摩托车和音乐会对孩子造成不好的影响。"

"尽做些妨碍学习的事情……"

他们对有田和学生互动的方式感到不满。

对于这样的家长,他没有做任何辩解。家长们所表达的是,是因为想提高自己孩子的成绩,才"特意花钱"。这一点他当然可以理解。

有田想着:"这就像音乐一样。"他曾经反复精心排练,精益求精地创作曲子。然而，听与不听的自由，始终在于听众。因此，在遇到批评时，有田会顺其自然，不会把自己的意见强加于人，也不会否定对方的意见。

话虽如此，当有家长攻击其他学生、指责补习机构，说"因为这个补习机构接收了那样的孩子，所以我家孩子才会为难"的时候，他会明确地告诉对方："不是这样的。既然如此，就请您去别的补习机构吧。"小班制补习机构不像大型预备学校那样走的是薄利多销路线，不可能做到八面玲珑。

另一方面，也有很多家长被有田这种明确的主张所打动，表示会来这家补习机构。

"请不要在意眼前的成绩，帮我让这个孩子真正变得聪明起来。"

"希望通过你们第三方的话语，教会这个孩子学习的意义。"

"希望你们能让这个孩子获得好的学习体验，为他最终主动走上学习之路打下基础。"

他们成为了威尔学院的客户。

有田每天忙忙碌碌地工作着，日子就这样一天天飞快地流逝。一年、两年、三年……尽管受到各种批评，但威尔学院经营得很顺利，似乎正一步步奔向成功的阶梯。在车站前出现大型补习机构、区域中小型补习机构逐渐消失的情况下，威尔学院始终保持着学生有数百人的状态。

然而，有田始终无法将补习机构的成功经营视为自己的成功。在不知所措的情况下，他开始在威尔学院工作，不知不觉间周围的人都称呼自己"校长"；月收入超过百万日元，在23岁的年纪拿到了35岁左右银行职员的到手收入。即便如此，他也丝毫不觉得自己优秀。

"毕竟我是个大学肄业生……"

在接手补习机构的同时，有田从大学退学，因为他觉得上大学毫无意义。中途退学并没有什么特别的理由。但是，有田完全不想和曾经的同龄朋友见面。他感觉自己害怕见到他们，不想让他们看到大学退学后在补习机构教书的自己。"还以为你退学后在做什么呢，没想到你在补习班当老师。再说了，你不是说过要做音乐的吗？"他不喜欢被这样看待。

这种时候，对他来说，唯一的安慰就是赚到了一些钱。除了认同自己在经济上的成功，别无他法。他曾想在公立中学度过青春，想去东大，想成为职业音乐人，但这些愿望一个都没有实现。补习机构的确经营得很成功，但他并不是因为想从事风险事业而开始创业的，这只是偶然的结果。东大也好，乐队也好，自己的故事一个都没完成，不知为何只是赚到了钱，这让他感到不可思议。

"现在只是碰巧还好，但总之，这种状态不可能持续下去，这只是一时的假象。"

有田这样告诉自己，并没有依赖眼前的现钱。

对于偶然碰到的经济上的成功，他并不感到庆幸。因为补习机构的成功并不是他自己"在心中描绘的故事"。他想趁有钱的时候花出去，于是不断购买自己感兴趣的新车以替换旧车，每次花几百万日元的改装费。摩托车也经常改装。因此，补习机构的车库里堆满了车座、轮胎、工具、改装后可在赛道上行驶的摩托车、各种莫名其妙的配件。当他觉得赛马有趣时，就会每周去横滨买马券，有时甚至会押上以百万日元计算的赌注。当他痴迷于钓鱼时，就会毫无意义地大量购买钓具。26岁时，他甚至买下了威尔学院兼自家住宅的那栋三层楼房。

从这时起，一种压力开始渗入有田的心中，无论他做什么都无法消除。补习机构经营顺利，取得了经济意义上的成功。他已经不知道自己接下来该做什么了。

"从补习机构的角度来看，甚至可以把它扩大到像骏台预备学校那样的规模，但我觉得还是不太可行吧。话虽如此，那么我该去哪里呢……我到底是在为什么而工作？"

的确，他每天都很忙碌，但从未因此感到痛苦。然而，实际上令他痛苦的是，人们对补习机构已经形成了一种固化印象，认定它是"有个性的"，而今后自己却不得不将这个机构维持下去。当他不顾一切拼命向前迈进时，只要想到新的点子并付诸行动，就会觉得很开心。而且，崭新的办学方式让威尔学院获得了更大的发展。然而，随着公众对其新颖性的认可，只做想做的事情这样的阶段已经结束，现在必须精打细算，坚守个性鲜明的补习机构形象。如今，威尔学院已经完全脱离了前任经营者所说的"破产倒闭也没关系"的状况。

他感受到了一种不允许失败的压力。就在他从旁观望的时候，又有新的学生陆续进来。学生每年都在变化，但威尔学院没有历史和传统,是一家随着有田的出现而突然绽放的补习机构。有田不知道这样的机构该如何维持,自己到底想怎么做。他有种飘浮在空中的不安感。但是,为了保持补习机构的新颖性,他也不能停下来。明明不知道自己是为了什么而工作,却还是不得不前进。这样的内心纠葛变成了巨大的压力笼罩着他。

下课后,有田驾驶着改装汽车或改装摩托车在公路上一边发出轰鸣声,一边狂奔。他骑着摩托车向箱根山口发起进攻,开着汽车漂移。他甚至还曾带着学生在箱根飙车。但是,即使他骑着摩托车发出巨响,为了增加卡拉OK的曲目而到处搜购CD,几乎每晚都出去钓鱼,之后也没留下任何东西。他想要发泄的压力很快就会若无其事地再度显现,虽然有所淡化,但绝不会消失。

有田拼命守着补习机构,留意着自己以外的许多事情,压力不断积攒,回过神来发现自己已经30岁了。在此期间,有数百名学生进入补习机构,然后又毕业离开。

那个时候,他开始认真思考自己真正需要的究竟是什么。为了找到自己真正想要的东西,他独自在空无一人的机构大楼的房间里不停地思考。不是金钱,也不是年轻貌美的妻子。他把钱都花在了汽车改装和赛马等看似无用的爱好上。但是,钱终究只是钱。就连美丽的妻子,上了年纪的话,容颜也会衰减。

"现在,自己想要的到底是什么?"

他小学的时候,对教科书充满好奇心;在乐队的时候,极力追寻如何才能打动人心;在补习机构做讲师的时候,为了威尔学院的成长一直在思考新的创意。这样反复进行的自我追问才是他的本来面貌，那是他从小就一直坚持、重视自我内心想法的纯粹的感觉。没考上东大的时候，退出乐队的时候，接手补习机构的时候，他总是试图用这种方式独自寻找答案。

当他继续独自思考时，想起了高中时遇到的那位女老师经常说的话：当你想创作出优秀的音乐时，无论使用多么好的乐器和设备，如果缺乏创意，就无法达到真正的文化境界。

这句话用语言表达出来似乎让人觉得是理所当然的。但是，身体力行地去理解这句话却绝非易事。

对有田来说，让自己的人生向前迈进所必需的东西，是一个积极向上的箭头，指引着自己今后该如何生活。自己现在拥有多少这样的箭头是至关重要的。

"我所想要的说不定就是一种生活方式。在这种生活方式中，我努力弄清自己感兴趣的一切。"

有田开始考虑进入学术界。

"如果能首先满足各种欲望，然后再去真正追求更高层次上的求知欲，你就会在学术方面取得成功。"

高中时的那位女老师曾这样说过。

"学术界应该每天都在进化，会不断有新的发现，我想去这样的地方。"

有田这么思考着，仿佛欲望没有得到满足，于是爆发了出来，自己又被唤回了学术界似的。

年满32岁的有田缩小了补习机构的经营规模。他决定减少学生人数,老师也由他这个校长一个人兼任。

即便如此,补习机构的面貌也并没有太大的变化。学生们依然留在机构里谈笑风生直到深夜,有田也经常开车载着学生,和他们一起享受音乐、汽车、摩托车和钓鱼等爱好。特别是在音乐方面,他重新组建乐队创作歌曲,边录音边在当地的 Livehouse 演出,精力旺盛地开展着活动。有段时间,乐队的成员里也有威尔学院的学生,现场演出的气氛相当热烈。在补习机构内,由学生共同组建的乐队也有所增加。

如今的补习机构看上去也和以前一样,一如既往地不断创新,充满个性。但是,如果说有一点改变的话,那就是有田本人。他正扎扎实实地为进入"学术世界"做着准备。

"我在考虑去读医学院。"

他对久违地来到威尔学院的我这样说道。

"最能勾起我好奇心的就是这个。我不是想当医生,而是想了解人类精神和肉体之间的界限。而且,通过参加考试,我可以亲身体会学生的痛苦。因为只是单方面教书是非常简单的事情。如果你叫预备学校的老师去参加考试,他们可能会感到压力,连昨天自己教过的题都做不出来。

"从小我就被告知,只有在年轻的时候才能学习,但我认为这是一个谎言。只要点燃自己的热情,随时都可以学习。而且,开拓自我也不是什么不可能的事情。"

就像在被野火烧过的原野中播下一粒种子一样,他看上去对自己从零开始重新出发感到高兴。

不经意看了看表，凌晨5点刚过，天空已经开始泛白。就在我们交谈的过程中，一直开着的电视里传来了奥姆真理教的一名核心成员刑满出狱的新闻。日光灯发出的嗡嗡声静静地回荡着。那一刻，我再次对这个时间还在补习机构感到怀念。

对我来说，威尔学院一直是非常重要的栖息之所，直到我考上大学去了东京。正是这家补习机构和校长有田淳，无论是在学业上还是精神上都给予了高一就辍学的我莫大的支持。只要照他说的去做，就总会有办法的。这种安心感是任何东西都难以替代的。

现在回想起来，我之所以如此相信他，或许是因为对于十六七岁正值青春期的自己来说，他作为一个二十几岁的年轻人，是和我关系最亲密的"大人"。对我来说，他是"我所尊敬的遥远的存在"，但同时也是与我同在"这一边"的唯一的"大人"。

但现在我21岁，他32岁了，我发现自己不再像以前那样把他视为遥远的存在。曾经确实存在的"孩子和大人""学生和老师"之间的界线已不复存在。尽管叫他恩师也不奇怪，但当我面对总是低着头坐在那里的他时，感觉自己来到了离他稍微更近一些的地方。那是一种不可思议的体验。我试图理解他内心的悲伤和纠葛，而在此之前，我是被他理解的对象。或者应该说，我觉得自己好像能够理解他了。

"今天真是太感谢了，我差不多该回去了。"

当我这样说时，他回答道："好的，随时欢迎再来。"

刹那间,我感觉自己仿佛回到了16岁的时候。但是,这不是他对作为学生的我所说的话。今后,他应该不会再成为我的"老师"了吧。

或许,他向我传达了一点他从未对人说起过的感受。不是对作为学生的我,而是对21岁的我。这可能是他送给我这个曾经的学生的礼物,因为我久违地来到补习机构并跟他说:"我想听听工作的青年的故事,并写一本书。"尽管在十六七岁的我眼中,他看起来是一个完美的大人,但在他的讲述中,他本人也有过烦恼的十几岁,有过为开拓人生而挣扎的二十几岁。而且,就像我是一个21岁的年轻人一样,现年32岁的他也是一个正努力想向前迈进的年轻人。

这是迄今为止我即便在语言层面能够理解,却很难切实体会的事情。每个人都会有烦恼,每个人都是芸芸众生中的一员,尽管我觉得这是理所当然的事,但从未有过真切的感受。然而,当我听到对自己来说非常重要的人讲述他的半生时,终于觉得自己能够真正体会那些所谓的理所当然的事情了。

第八章　在石垣岛寻得归宿

——成为冲浪者、海人[①]

① 冲绳的方言中,用"海人"来形容渔夫。

我们正在夜晚的沙滩上看着大海。

石垣岛的白保海岸有着大片的蓝珊瑚群，在世界范围内也是一个珍贵的珊瑚礁景点。从山丘上俯瞰这片大海，珊瑚在蔚蓝的大海中显得更加蓝黑，形成群落。尽管当时由于台风临近，浪很大，海水有些浑浊，但据说一到水质清澈的冬季，这里的景色真的很美，尤其是半夜潜水时看到的蓝珊瑚，别有一番风味。

众所周知，这里计划修建一个新机场。我不太清楚这在社会层面和经济层面上意味着什么。但是，仅仅从山丘上向下看，白保的海也相当美，我觉得要是失去了这个地方，那就太遗憾了。

"嘿，晚上这里也很亮吧！"

河村雄太说道。

为了确认他以前说过的话，我让他开车带我来到了这里。

"即使在夜晚，白保海岸也亮如白昼，尤其是在月亮出来的时候。不过，即使没有月亮，光靠星光也足够明亮了。"

之前在东京见面时，他说过这样的话。我想象不出那种景象，心想去石垣岛时一定要看看。

的确，白保的海岸非常明亮。虽然不可能亮如白昼，但周围充满了一种奇异的亮光，就像是白色的沙子拼命地收集了从天而降的微光似的。映在沙滩上的自己的影子显得格外清晰。

不知从哪里传来三线琴的声音。除此之外，只能听到海浪声。在一公里外的礁石周围，白色的波浪拍打着海岸，即使在夜晚也清晰可见。在一个木制的小船码头上，被称作"鲛渔舟"的小渔船正在摇晃。这里非常安静，让人想小声说说话。

高一辍学后，我立即去了雄太所在的那霸玩。他是我表哥，当时是琉球大学的学生。他和我一样高中辍学，通过大检考试进入了大学。

他开车带着年仅16岁的我，整天整夜地到处跑，我们还一起潜入了海里。我至今也难以忘怀初次看到的珊瑚礁之美，今后也一定永远不会忘记。

尽管我自己并没有清楚地意识到，但当时由于这样那样的原因放弃了高中学业，我其实是很受伤的。在和他一起玩的那一周时间里，我的思绪渐渐清晰起来，回去时已经有了相当的干劲，我对自己说："嘿，重新振作起来咯！"

那之后又过了5年。

为了看看雄太现在的生活，也为了和他交流一下，我再次来到冲绳。5年前，我并未对他待在那里抱有特别的疑感,但现在不同了。我想了解他的情况,想知道他当时为什么会在那里,现在又为什么会在这里。我想亲眼看看他"起飞"的地方。

石垣岛距台湾260公里,距东京1 957公里。他在这里感受到了什么,收获了什么?

雄太有一段难忘的记忆。

小学低年级时,他在当时居住的北九州市的一家百货商店偷了一个塑料模型。这种恶作剧就像是几乎每个孩子都会经历的固定仪式一样。结果这一行为被发现了,母亲被叫到店里,然后他受了一顿训。在回家的路上,他和小伙伴一起去离家很远的地方钓鳗鱼,结果根本钓不到。

他在河里玩得入迷,然后不知过了多久,鞋子和衣服上都沾满了泥,最后终于踏上了回家的路。鞋子弄得太脏,他甚至都想扔掉,所以只好光着脚走了很长一段路。

当他回到家时,母亲正等在那里,脸色大变。

"你爸爸说想和你谈谈……"

他立刻明白了父亲为什么想找自己谈话。

父亲一言不发地让雄太上了车。

然后,父亲便一直闭口不言地开着车。雄太也同样缄默不语。

他们来到北九州市和福冈市之间的远贺川河口。那里漆黑一片,悬崖峭壁,就像自杀胜地似的。

在这令人起鸡皮疙瘩的风景中,两个人开始顺着阶梯往上爬，发现那里有一个像休息台一样的落脚点。父亲让雄太站在那里的栏杆前，然后开口说道：

"你给河村家造成了伤害，这样的犯罪是不可饶恕的。你要承担责任，跳崖自杀吗？如果你说即便如此也愿意，那我就跟你一起跳下去。"

他的父亲是个踏实的工薪族，认为人应该不断忍耐，在社会的框架中坚强地生存下去。他有时会用严格的教育方式对待雄太。

小时候，雄太跟着父亲学习帆船运动。他用让雄太哭泣的方式灌输如何驾驶帆船。即使比雄太身体大得多的帆船翻倒，他也会说："自己把它弄起来！！"然后一直置之不理。

在帆船翻倒的情况下，必须爬到帆船底部才能把它弄起来。然而，即便是大人能轻易爬上去的高度，对于身材矮小的孩子来说，也是无论如何都做不到的。雄太强忍着快要流出来的眼泪，拼命地想要把帆船弄起来。当父亲开着摩托艇来到附近时，会跟他解释说："要这样把它弄起来。"但帆船怎么也立不起来，很快就被冲走，完全翻转了过来。直到桅杆卡在水底难以挽救时，父亲才用绳索帮着把帆船拉了起来。雄太非常害怕这种练习方式，每到周日都会肚子疼。

这样一位父亲之所以让雄太站在悬崖绝壁上，与其说是因为对孩子严格，不如说是为了贯彻作为人必须遵守纪律和义务这一原则吧。

对雄太来说，悬崖对面那片漆黑的景象极为恐怖。他脑子里瞬间闪过一个念头：说不定自己真的会被推下去。悬崖、休息台的扶手、通往那里的阶梯、漆黑的世界……

"哦，不！！我再也不会做那种事了！"

雄太拼了命地说道。那种恐惧在那之后也让他无法忘记。

1984年3月，因为父亲的工作调动，雄太从北九州市搬到了爱知县的清洲町（现清洲市）。当时，1971年出生的他即将升入初二。

在新家的院子里，母亲买来的杜鹃花已经开了。

没过多久，雄太和母亲一起去了新的中学办理转入手续。当两人正走在樱花树林立的五条河边时，听到可能是参加完社团活动正要回家的初中女生说："哎哟！好可爱！是转校生吗？"

妈妈听了这话，取笑起雄太来：

"说你可爱呢，这里的初中生可真老成啊。"

在北九州市时的雄太属于会让学校老师对他有两种截然不同评价的那种孩子。在很大程度上，是因为他就读的幼儿园采用了重视幼儿自主性的蒙台梭利教育法。那里不实行集中保育，是一个有着自由氛围的地方，会让孩子们随心所欲地做自己喜欢的事。对孩子来说，新的学校只不过是一个突如其来的环境变化。然而，在那样的幼儿园里成长起来的雄太却无法轻易融入或适应新学校的管理性氛围，因为他不具备在学校里顺利生存所必需的某种平衡感。

尽管雄太不认识卡尔·刘易斯和长岛茂雄[①]，但是他对自己喜欢的帆船和计算机的了解超过了教会自己这些的父亲。他不知道怎么打架，遭受别的孩子恶作剧也只是一直忍着，直到最后发脾气掀翻桌子。

老师们有的评价雄太是"独特而有趣的孩子"，也有的说他"没有协作能力，太过我行我素"，他们显然对这样一个偏离平均水平的学生感到困惑。

即便如此，北九州市的学校对雄太来说还是有自由空间的，在一定程度上，对他的独特性持宽容态度。

但是，来到以严格教育管理学生而闻名的爱知县的中学后，办理转学手续当天的那种欢快的氛围荡然无存，开学典礼时那里弥漫的不祥气氛已经令雄太感到了窒息。

课程一开始，他就被强行要求执行各种各样的规定和"必须这样做的事情"。早晚的社团活动、课堂纪律，还有周日的社团活动……只有每月一次的"家庭日"被定为社团活动唯一的休息日。不能遵守这些规定的学生会被打上"不良"的烙印。

刚进入5月不久，雄太便开始感到莫名其妙的不满和烦躁。放学回家后，他立刻躺在床上，睡得像烂泥一样。新的一周刚开始的周一和周二，甚至连去学校对他来说都变得痛苦起来。每到周一，他无论如何都无法从床上爬起来。

[①] 卡尔·刘易斯（Carl Lewis，1961～　），美国田径运动员。长岛茂雄（1936～　），日本职业棒球选手和教练。雄太童年时期，这两人都是活跃于体育界的名人。

"你为什么不去学校?！你这么懒可怎么办啊！"

虽然雄太说自己头疼、肚子疼，但是父亲用尽一切办法想让他去上学。最后，父亲说："我不允许你因为这样的理由旷课。"并把他从床上拽了下来。

然而，雄太不去学校绝对不是因为懒惰，而是因为他的身体拒绝上学。严重的时候还发生过这样的事情：父亲开车把雄太送到学校，可车子还没开回来，学校就联系母亲说："您的孩子哭着说头疼得像要裂开一样，请您过来接他。"

父亲无论如何都想让他去上学，而母亲则想方设法让父亲允许他请假。就这样，雄太夹在双亲之间，一晃两年时间过去了。

那时，爱知县迎来了新建高中项目的最后一年。雄太就读的初中和附近的另外两所初中正在为学生们提供升学指导，让他们升入当年新设的 S 高中。S 高中由这三所初中提供全力支持，每所初中成绩排名前 100 的学生将被半强制性地送入这所高中。因此，即使有些学生想去升入名古屋大学及其他大学概率很高的 G 高中，学校也会在升学指导时建议他们选择 S 高中。

尽管周一和周二几乎不去上学，但成绩还算不错的雄太也升入了 S 高中。

雄太对高中充满期待，他原本以为进入高中之后，学校里那种什么都要管的拘谨氛围就会消失。

然而，这种期待在入学典礼上突然被完全打碎。

"高中生活就是为了进入大学和参加高考而做准备的

3年。为此，你们必须培养自己的毅力和体力。希望你们加油！"

学校刚成立，所以参加开学典礼的只有一年级新生。校长在典礼上发表了这样的讲话：

"不要输给邻近的重点高中，而且要超过他们！"

这种话给雄太的印象是，似乎这就是S高中存在的唯一意义。直到不久前还是初中生的学生们是如何理解这些话的呢？

雄太听到校长致辞的那一刻，就觉得这里根本没有属于自己的位置。

即使在高中，社团活动也是强制的。中学的时候，由于喜欢吹小号，雄太加入了铜管乐队社团，但S高中校方的想法是"激烈的考试竞争是毅力和体力的问题。而培养这些是不需要文化类社团的"。因此，学校只有体育类社团。

雄太不擅长竞争，也不擅长配合周围的人。棒球、排球、足球等不能按照自己的节奏进行的运动，他都讨厌。无奈之下，雄太加入了游泳社团，因为他觉得游泳的话，可以按照自己的节奏来活动。

S高中虽然只有一年级的学生，但老师的数量特别多，足以覆盖两个年级。因此，校内形成了只注重学生指导这一方面的校风。雄太认为，既然有这么多老师，充实一下文化社团不就好了吗？这样的话，他就没有必要特意加入自己不想参加的体育社团了。

当他课后准备逃掉社团活动回家的时候，老师们会在自行车停车场和校门口监督。

"为什么要回去?"

"嗯,我去看牙医……"

"那下次把就诊卡带过来。"

让他惊讶的是,上学和放学的时候都有老师在一公里外的十字路口站岗:不能让事故和不幸的事情发生,这就是理由。

上下学时都必须佩戴安全帽。通常情况下,学生们都会因为不好看而把安全帽摘下来,但一看到有老师站岗,便会立刻戴上。

有一天,在考试过程中发生了一名学生从二楼跳下的事件。幸好跳楼的学生没有生命危险,但学校对正在考试的学生们隐瞒了这件事。

就在雄太参加考试时,突然从别的教学楼传来了悲鸣声。他正想着发生了什么事时,救护车和看似媒体的车辆终于赶到了,教学楼开始陷入一片嘈杂混乱。

然而,考试继续进行,学生们没有收到任何通知。"接下来是数学考试,请把答卷翻过来。"老师平静地告知大家,然后考试便开始了。

"其实在第二场考试期间,××君跳楼自杀了。希望你们一定要珍惜生命。还有,不要把这件事告诉自己的父母。"

直到所有考试结束后,学校才把这件事告诉学生,并且下达了缄口令。

学校的管理内容五花八门,比如考试复习的方法、完成作业的方法、记笔记的方法、社团活动及上下学的规定、成绩单要由家长来领取等等。这样似乎是为了不给学生任何机会去做违法乱纪的事情。学校不允许学生在升学的道路上走偏，那些误入歧途的学生可能会被视为不正常。这条道路两旁都布满了荆棘，从一开始就不允许任何人东张西望、看眼外面的世界。学生必须遵循别人引领的路，遵守别人制定的规则，却不知道这是为了什么，只是默默地前进。

"进入大学以后再考虑这些就行。对现在的你来说，首要任务就是学习。"

当雄太就各种烦恼和疑惑向老师咨询时，他们这样说道。他的窒息感越发强烈，就像是被人用软刀子慢慢杀害一样。

雄太尤其讨厌的是体育课。在其他课上，他可以坐在椅子上思考，或者发呆，或者随意地画漫画，但在体育课上，如果他一个人发呆，大家就会丢下他跑掉。如果是别的课，即使心思不在课堂上，只要保持沉默，时间就会过去。就算不把心交给学校，也总会有办法。但是，只有体育课不能这样。

雄太的一举手一投足都被老师的命令所操纵。一到剑道和柔道训练时，他更是讨厌至极，因为他实在无法忍受像管理军队那样的指导方式。到了高一后半段，雄太便开始不去上体育课了。他的学生手册的缺课报告栏上写满了"体育课缺勤"的字样。

刚入学的时候，他的成绩还很靠前，但眼看着就渐渐滑了下来。高中和初中不同,哪怕只有一个学分没拿到就不能升级,所以雄太想尽办法骗自己,继续在学校这个地方挣扎下去。但是,为了能在这个毫无归属感的地方生存下去,他已经无法去考虑成绩的事了。一年过去了,母亲去学校领取成绩单时,发现上面写着倒数第几的名次。

春假①过后,升上高二后没过多久,雄太开始变得像初中时一样无法去上学了。

四五月份,他竭尽全力继续坚持去上学。在旁人看来,他就是个充满活力的高中生。但到了6月,他就像汽油耗尽了的汽车一样,元气一下子从身上抽光了。即使穿着校服走到玄关,他的双腿也没法再向前迈出一步。有时腹痛会持续好几天,动弹不得,有时还会感到剧烈的头痛和恶心。

"既然这么辛苦,要不就不上学了?"

当时,父亲因单身赴任②在东京工作,没有人强迫雄太去上学。母亲不忍心看着雄太这个样子,于是这样说道。

从那天开始,雄太就像绷紧的弦突然断了一样,甚至连从床上起来都很困难。到了早上,当他想要起床时,却感觉自己的身体被不断地吸入地下,要坠入无底深渊似的。

自那之后,雄太便不再去上高中了。有一段时间,他一直过着早晨和中午睡觉,晚上玩电脑游戏、听音乐、看

---

① 日本的高中一般实行三学期制,全年有三次长假,分别是春假、暑假和寒假。春假通常是3月下旬至4月上旬,一般放半个月;暑假通常是从7月下旬开始放一个月;寒假通常是12月中旬圣诞季至次年1月上旬,一般放半个月。

② 因工作关系被公司派往外地长期工作,但家人不能一同前往。

书的生活。一到晚上，电脑游戏的声音就会响上好几个小时。雄太听着这机械性的声音，内心感到安宁。

大约就在那个时候，为他担心的母亲曾建议他去爱知县的教育中心咨询。当时，雄太对母亲说道：

"我只是累了想休息一会儿，所以哪儿都不去。但如果这样能让你感到安心，我不介意妈妈你去咨询一下。"

老师只联系过雄太一次。"我开车去接你，你要不要来学校？"对于老师的提议，雄太回答说："我不去学校并不是因为去学校的方式，所以就算老师来接我，我也不会去学校。"

连续近10年的学校生活让雄太感到疲惫不堪。他的内心被莫名的不满和烦躁塞得满满的，几乎快要溢出来。然而，无论是老师、父母，还是社会本身，都没有容器来接住他内心泛滥的不满与烦躁。尽管如此，没有为他准备好的可逃之处。

雄太对各种各样的事情感到恼火。只存在于自己心中的理想世界和现实之间的差距已经混乱到无法修正的地步，就像把番茄撒了一地似的。在雄太看来，学校也好，政治家也罢，世上的种种事情都充满了不正义。他觉得，既然学校是教人学习的地方，那么只教学习不就行了吗？教师不会去想校规是为了什么而存在的。他们似乎想说，总之因为这是校规，所以一旦违反，后果将不堪设想。可是，他无论如何都无法接受这种逻辑。为什么一定要穿校服，为什么一定要剃光头，为什么一定要去上学，没有人回答这些过于简单的问题。当雄太问"为什么"的时候，老师回答说:"这些事等你上了大学再思考就好。"然后,老师还说:"现在你只要坚持学习就行。"为什么等上了大学就可以了呢?雄太不明白。为什么坚持学习就行了呢?雄太也无法理解。许多"为什么"悬而未决,不知不觉地,慢慢演变成他那急躁的情绪。

要说此时此刻的雄太能做的事,或许就是听着自己最喜欢的 The Blue Hearts 乐队①的歌,或哭或笑吧。

雄太心想:

"我只是因为累了想休息一会儿,所以哪儿也不去……"

雄太曾一度跌入谷底,但随着不上学生活的继续,他逐渐恢复了元气,甚至可以向在其他高中就读的朋友吐露自己拒绝上学这件事。

暑假不知不觉地过去了,从他不去高中上学算起,已经过去 3 个月了。然后,就在 9 月快要结束的时候,学校打来了电话。

接到电话的是他的母亲。通话内容大致是,高中和初中不同,存在修学分的问题,希望他们决定是继续休学还是退学。

虽然父亲不可能允许他退学,但母亲还是决定让雄太自己来判断。那是因为雄太不去学校后不久发生的一件事,

---

① 又译为"蓝心乐队",是一支日本朋克乐队。成立于 1985 年,1987 年以单曲 *Linda Linda* 出道,1995 年解散。该乐队歌曲的内容大多是年轻人对于社会的失望、人生的苦闷,但最后还是会对未来充满理想,非常振奋人心。

让母亲在内心对儿子有了一种态度。

雄太有个朋友得知他不去学校之后,来了一次他家。当时,虽然雄太拜托母亲告诉对方自己不在,但母亲却回答那位朋友:"尽管他现在不能见你,但请改日再来约他。"那天,雄太粗暴地敲击了房间的墙壁。据说自那件事发生后,母亲意识到父母不能单方面地把自己的想法强加给孩子。她觉得,在与孩子的相处过程中,不需要世俗的想法,而应该试着只是单纯地接受孩子的感受,因此,她想让雄太自己来决定上学的事。

"不上学对我来说也会有负疚感,所以希望你先帮我交休学申请。在明年3月之前,我想慢慢考虑一下自己的未来。"

雄太对母亲这样说道。

在那之前,雄太因为太在意别人的眼光,甚至不愿乘坐电车。但暑假过后,他提交了休学申请,逐渐摆脱闷在家里的生活,开始去到外面的世界看看。在家里待着的时候,雄太由于体力不支从楼梯上摔了下来,这也是他决定走出家门的契机之一。

早上,在上学时间之前,他早早地骑自行车出门。晚上,他比放学时间还晚回家。他会骑自行车去到东山公园、木曾三川公园等很远的地方。

因为喜欢帆船,雄太渐渐地喜欢上去名古屋港。尽管从家里到名古屋港要花上近2个小时的时间,但天气好的时候,他几乎每天骑自行车去那里。到达港口后,他便望着大海发呆思考。后来,凝视港口附近的造船厂造船成了雄太每天必做的事情。

雄太喜欢船，也会用塑料模型和木头自己做船，甚至还制作过必须要用双手才能抱住的大模型。看着眼前刚造出来的真正的船时，他意识到自己也想试着造一艘。

过了一段时间，雄太在父亲的帆船上独自生活了一个月。因为他想仿效在造船厂里看到的做法，将游艇改造一下。

那段时间，他只带了一套换洗衣物。他一边洗衣服，一边烹饪自己捕获的鱼，就这样度日。尽管当时正值寒冬，但是雄太觉得帆船上的生活非常舒适，改造帆船也很有趣。最重要的是，这样简单的生活方式合乎他的性情。

清晨，帆船内部弥漫着水蒸气，露水滴在窗户上。打开舱口，外面的冷空气一下子从晨雾中钻进来，令人心旷神怡。雄太在那里阅读了几本关于校规的书籍，但他仍然觉得高中生活有些奇怪。

有一天，在造船厂工作的年轻人注意到几乎每天都站在厂区旁的雄太，便来跟他打招呼。

"我拒绝去上学，因为不知道该怎么办，所以每天看着大海思考。另外，我很喜欢做东西。"

听雄太这么一说，那个连名字都不知道的年轻人每天下午3点便过来陪他聊天，尽管每次只聊短短15分钟。在聊着关于船舶话题的过程中，雄太有了去造船厂打工的想法。当他把这个想法告诉那位年轻人时，年轻人说道：

"你对船舶很了解。不过，找份兼职很容易，想真正自己造船还是应该好好学习。如果你现在就在这里工作的话，是不可能自己造出船的。"

对雄太来说，这是一次重要的邂逅。这次相遇不是在他人开辟的道路上，也不是由别人安排的，而是通过自己的决定、自己的行动产生的。正因为如此，这句话对雄太来说有着不可估量的意义，在他的心中引发了共鸣。此时，雄太只是单纯地想要学习，然后去上大学。

回到家后，他对母亲说："我还是想读书，虽然不想上高中，但我想上大学。"于是，他开始寻找大检预备学校，并于2月开始就读。

在几所预备学校中，雄太选择了一所学生年龄各异的学校，里面有把头发染成鲜红色的学生，也有稍微有点叛逆倾向的孩子。雄太觉得这里才是最适合自己的地方。

到了3月，高中来问他是留级还是退学，此时，雄太已下定决心要退学。当他把自己的想法告诉老师时，老师说："提交退学申请时必须穿校服来。而且，如果不采取主动退学的形式就不好办了。"

直到最后的最后，学校也没有改变巧妙地使用真心话和场面话的态度。老师看似为雄太做了很多事，但实际上在这样的节骨眼，校方却把自己的想法强加于人。每次老师来家里找雄太沟通时都非常理解他，可一回到学校就表现出与这种私人关系完全不同的反应。雄太对老师失去信任也就不足为奇了。他一气之下穿着T恤和牛仔裤去提交退学申请，终于和高中断绝了关系。

雄太并没有为了当年8月份进行的大检考试而立马在预备学校开始认真学习。他和在预备学校结识的朋友一起逃课、骑摩托车，就这样玩着玩着，时间一眨眼就过去了。

进入7月，他才慌忙开始临阵磨枪。

抱着要把之前落后的成绩补回来的气势，他坐在书桌前，趁装进脑子里的东西还没有忘记时参加了考试，结果通过了所有的必考科目。然而，接下来就是大学入学考试了。为了了解情况，他试着做了一下全国统一考试的历年真题，结果发现和大检考试的水平差距很大，这让他大吃一惊。他于第二年参加了中心考试（其前身即全国统一考试），报考了九州艺术工科大学，但最终落榜，于是进入了复读的生活。

话虽如此，在预备学校继续学习的过程中，雄太的成绩肉眼可见地不断提升。在参加模拟考试时，他取得了能被大分大学这一层次的高校录取的成绩。

雄太有自己想上的大学，那就是冲绳的琉球大学。

当他还住在北九州市的时候，曾参加过康乐协会的活动去冲绳野营。雄太在该协会的文集中写道："冲绳有我的珍宝。"大概从那时起，雄太心中就对冲绳这个地方产生了一种向往之情吧。

另一个重要原因是，考前去冲绳时看到的琉球大学给他留下了非常深刻的印象。琉球大学占地面积很大，给人感觉似乎整座山都是校址。从教学楼甚至可以看到大海，而且有许多树木和大片草坪，绿意盎然。在这样的风景中，有几栋高大的教学楼稀稀落落地散布在校园里。每栋教学楼之间都相隔一定距离，如果上下两节课的上课地点较远，不借助自行车或助动车，仅是课间休息时间都来不及换教室。

最重要的是，他想远离名古屋，远离试图管控和监视

我们工作的理由、不工作的理由、不能工作的理由

自己的一切，哪怕只有一米的距离也好。他想去到一个没有任何束缚的地方。为此，雄太心想，自己必须尽可能地远离严厉的父亲。

雄太提出要退学的时候，父亲向公司请了三四天假，带他去兜风。就像他小学偷了东西时那样，父亲始终一言不发。那是一次漫长的汽车远游，父亲一路开车去了鸟取、北九州、四国，路上一直保持沉默。最终，父亲平静地问道："你真的要退学吗？"雄太回答说："嗯，是的。"接着，沉默又继续了。

父亲和雄太说话时之所以开着车，或许是因为开车能让他冷静下来，不会头脑发热吧。在一旦激动起来就会引发事故的情况下，无论如何都要保持冷静。对父亲来说，雄太不上学是一件极其难以容忍的事情吧。

父亲希望雄太有着被世人认可的生活方式。而且，雄太也的确对在竞争激烈的社会中不断自我成长的父亲抱有类似敬意的感情。但是，雄太并不打算按照父亲的意愿选择自己的生活方式。他觉得社会地位和信用什么的是无所谓的东西。他希望珍惜简单的生活方式，比如自己亲手创造事物时的感动、与美丽的大自然共生等等。正因为如此，为了逃避父亲对自己人生的期望，他试图与父亲保持较大的距离，直到父亲能够接受和理解自己。

结果，雄太拒绝了在前期日程[①]考试当中取得合格的

[①] 在日本，大学的自主考试一般分为"前期日程""中期日程""后期日程"，考生有三次考试的机会。前期日程招生人数最多，一般第一志愿学校都在前期日程报考。如果前期日程合格并办理入学手续的话，中期和后期就算参加也不可能再合格。

大分大学，进入了琉球大学理学院物理系学习。之后，他在那里度过了8年，这是最长就读年限。物理学的世界太过深奥，他怎么也拿不到学分。

要理解大学里教授的高等物理学知识，必须先掌握数学基础知识。但是，没有接受过正规高中教育的雄太完全没有掌握这样的数学基础。他过去是靠背公式临阵磨枪通过大检考试的，对数学并不熟悉，进入大学后这成了一个问题。

"为什么太阳落山时会变成红色？""大海为什么是蓝色的？"雄太误以为物理学是这样的一门学问。另一方面，正因为如此，在高中没学过物理的雄太才会对这门看似不可思议的学问产生兴趣。但是，他所想象的物理学领域在大一所修的课程中就结束了，之后的高等物理学是从否定牛顿力学开始的。这样一来，他很快就开始无法理解这些内容了。

多重积分、概率论等，看起来就像是外星人写的符号胡乱拼凑在一起的算式。

"如果把装有一个电子的箱子一分为二，那么电子存在于其中某个箱子里的概率就是二分之一。"

当教授在课堂上这样讲解的时候，他就更不明白了。

肉眼无法看到的基本粒子和电子的世界必须通过数学公式来理解，但正是这些公式让雄太烦恼不已。渐渐地，他对学习失去了兴趣。

但另一方面，雄太充分利用了大学生这个身份，在冲绳体验了各种各样的事情。

到了冲绳之后，雄太开始拍摄古城的照片。这是因为冲绳的城堡与日本其他地方的不同，给人一种充满欧洲风情的感觉，这一点很特别也很有趣。

有一次，大学课程里有关于城堡的内容讲解，于是他去听了。之后，教授问他是否对兼职调查冲绳的城址感兴趣。雄太一问才知道，尽管二战前冲绳有很多城堡遗迹，但日军拿走了遗迹的石材用以建造高射炮台，再加上战争造成的破坏，因此冲绳保留原貌的城堡遗址很少。

雄太和刚从美国某所大学毕业的伙伴一起拿着柴刀在山里勘查，那里有像波布蛇和苏铁叶般大小的蜈蚣。在不时出现的战壕里，他们看到战争时期遗留的人骨和高射炮弹骨碌碌地滚动着。他们向当地人打听，对方说自己"小学的时候经常玩哑弹"。据说把哑弹拆下来点燃后就像旋转陀螺烟花一样，非常有趣。他们还得知，这里曾发生因此导致的手指缺失、幼儿园里哑弹爆炸等事故。这些事让他们感到震惊。

学生运动参与者不时在大学的课前分发的那些传单和演讲中也经常提到这类内容。

雄太的兴趣被激起，他在大二时加入了学生运动。尽管时间很短，但为了参加反对《PKO法案》[1]的抗议示威活动，他还去过防卫厅[2]。当母亲发现示威传单被寄到位于爱知县的家中时，雄太对惊慌失措的她说："我要成为一名蓝

---

[1] 即《联合国维持和平行动合作法》。日本于1992年通过该法案，借联合国名义突破海外派兵的禁区。对于这一法案是否有违反和平宪法之嫌疑，在日本国内外都引起了极大争议。

[2] 日本内阁负责指挥和管理自卫队的领率机关。

领工人,改变社会。"

但是第二年,雄太就退出了学生运动,开始制作电影。老家收到了大学寄来的休学通知。母亲吓了一跳,赶紧给他打电话。结果,这次他满不在乎地说:

"拍电影是为了改变社会。我要拍一年电影,然后再回到学校。"

如果按照大城市和父亲的价值观来说,雄太这种沉迷于某件事随后又幡然醒悟的行为,或许会被指责为逃避、不负责任。但是,对雄太来说,无论是来到冲绳还是热衷于某件事,都绝不是逃避。他自认为做好了随时迎接挑战的心理准备。虽然不知道自己能否做到,但等尝试过后再放弃也不迟。相反,他觉得一直待在一个不开心的地方,忍受着自己不想做的事情,才是一种逃避。

雄太接二连三地尝试了各种事情。那段时间,他一直在寻找自己真正想做的事。他所经历的每一件事都会化作今后发展的动力,奠定自己的根基。对于在城市的学校生活中始终找不到属于自己位置的雄太来说,这是自己在走向独立与长大成人之路上必须具备的东西,就像爬楼梯要一点一点地往上爬一样。

在这个过程中,雄太觉得最适合自己的就是冲浪。

在与冲浪相遇之前,雄太经常进行深潜运动。在冲绳美丽的珊瑚礁中游泳很开心,但潜水的费用比预想的高,需要租用潜水服、护目镜、呼吸管、配重带和水箱。尽管如此,每次潜水的时间只有30分钟左右,这让他很不满意。

此外，为了潜水，必须参加培训并获得潜水证。这个证可是大有文章，有时会让雄太碰到不称心的事。他喜欢和大自然嬉戏，几乎每天都去海边游泳，打算一起潜水的那帮人会问他："你连某某卡都没有吗？"接着，他们有的说自己记录潜水次数和数据的日志已经用到第3本了，还有的说"我潜了一千次，你是第几次？"。这样的对话让单纯喜欢潜水的雄太感到不舒服。他们是偶尔来冲绳潜水的都市人，属于已经参加工作的社会人或是白领。

一到夏天，就有很多潜水者聚集到这里，海水表面被水箱里喷出的泡沫弄得一片白。

尽管不是每个人都一样，但在雄太看来，许多来自都市的潜水者似乎是为了虚荣才潜水的。

他们当中的许多人都持有学费高昂的团体颁发的潜水证，并且备齐了昂贵的装备。听着他们谈论名牌产品，雄太心想："不应该还有别的事要做吗？"于是没过多久，只想单纯享受大海的雄太便开始渐渐地感到厌烦。无论走到哪里，都有散播这种都市气息的人。对于想远离都市的雄太来说，最讨厌的就是闻到这种味道。

对深潜感到厌烦的雄太开始尝试自由潜水。他选择自由地与大海嬉戏，只戴一副简单的眼镜和呼吸管。

冲绳的海面上有着一连串的珊瑚礁石滩，一直延伸至峭壁般的礁石处，然后海水突然一下子变得更深。五颜六色的鱼儿在珊瑚周围和礁石边缘游来游去。湛蓝的海水在阳光的照射下显得格外清澈。他偶尔也会戳戳鱼儿，尽管这在深潜的世界里被视作禁忌。

越往深处，海越蓝。

在这样用自己的身体自由地与大海接触的同时，雄太开始注意到冲浪者的存在。

有时他没有关注海上的风浪情况，自己瞎估摸着去海边，发现风浪大的时候这群冲浪人一定会在。他正纳闷这群人为什么能准确掌握大海的状况时，便不断地从当地朋友那里听到关于冲浪的消息。就像竖起了天线一样，他总能听到让自己感兴趣的内容。

据说冲浪只需要一块冲浪板，不怎么花钱，而且最重要的是这项运动听起来非常有趣。

他在体育用品商店买了护目镜和冲浪板，决定立刻试一试。由于起初什么都不懂，他只能观察周围的冲浪者，然后模仿他们。

海浪出现在深海的礁石附近，所以冲浪者必须先游到那里。雄太用没把握的动作摇摇晃晃地勉强游了过去。由于海浪的阻挡，他很难冲到海面上，于是他环顾四周，发现不知为何，其他冲浪者似乎都知道什么地方不会起浪，一下子就冲了出去。雄太一边盯着他们看，一边一点一点地学着。

总之，不学会驾驭冲浪板决不罢休，不学会侧滑决不罢休。在这样的过程中，雄太的整个生活都变成了冲浪。因为哪怕一天不去海边，就会忘记冲浪的感觉，所以他根本没时间去上大学。

当雄太逐渐学会乘风破浪时，其他冲浪爱好者也开始教他怎么做。对雄太来说，与他们的相遇既令他震惊又令他兴奋。

冲绳的冲浪者无论是装束还是行为都很不符合社会秩序,看起来粗鲁可怕。他们在沙滩上吸食大麻,留着长发,即使在冬天也穿着破破烂烂的短裤,聚集在便利店里。

雄太跟他们攀谈,渐渐地彼此关系越来越好。在交谈的过程中,他发现他们当中既有实际上在做坏事的人,也有过着像流浪汉一样生活的人。当一个比雄太年长很多的人说"我现在只有40日元"时,一个十七八岁的孩子则说"去年菲律宾的风浪很大"。有个自称从千叶来的人在车里生活,他说自己曾经在斯里兰卡冲浪,当时火箭弹从他头顶上飞过。

大家都是晚上打工,白天冲浪。在只能看到波浪的空无一人的大海上自由滑行,是他们最幸福的瞬间。

日本本土①的海底是沙子,与此不同,这里的海底有着坚硬的珊瑚礁。而在这样的海域冲浪,常常伴随着紧张感。雄太的身上也有多处被珊瑚撞出的伤痕。假如被扔到浅水区,身上很快就会被珊瑚弄得遍体鳞伤。在冲绳,海浪大多呈管状翻滚,一旦被卷入浪尖,冲浪板就会被搅得支离破碎。

雄太之所以对冲浪如此着迷,是因为冲浪与其说是一项运动,不如说它有着很强的能够体现生活方式的一面。每天去海边看海,确认天气图,仰望天空,预测海浪和潮水的流向。就这样,一天的时光随着潮涨潮落等自然周期

---

① 原文使用了"内地"一词。该词在《大日本帝国宪法》时期用于指除冲绳和北海道以外的日本。冲绳人至今仍经常使用"内地"这个词。

流淌，而不是以在早晨的固定时间上班或上学开始然后结束。

雄太在冲绳遇到的冲浪者只要有大海，看上去便心满意足。他们从一开始就没想过要比拼高难度的技巧，光是看着海浪就很开心。他们似乎觉得乘风破浪就是自己生活的唯一目的，除此之外，什么都不需要。这种通透的活法甚至让人不禁觉得富含哲理。就这样，身处其中的雄太也开始抱有同样的想法。与潜水相比，不戴任何防护用具在珊瑚礁海域滑行，给他带来了更强烈的与大自然融为一体的感觉。只要遵守在别人冲浪时不从其面前经过这一最起码的规则，剩下的完全就是属于自己一个人的世界了。这一点让雄太感到舒服，同时这也是他在都市生活中一直追寻的东西。外表、社会信用、教育、校规、都市型的框架、经济稳定、规则、义务、某些人制定的难以令人信服的章程等等，这一切在海浪中不会构成任何意义。在以每小时高达 50 公里的速度滑行的过程中，瞬时融入风中，只要自我感觉心情舒畅，就足够了。

雄太心想，在此之前，从未有任何一件事能让自己充满信心。进入大学之后，他才发现，原以为自己喜欢的帆船运动和计算机，到头来都是父亲的爱好。然而，唯独冲浪不一样。冲浪让他有了自信。这时，雄太决定不再走他人开辟的道路。于是，他开始披荆斩棘，一点点开辟属于自己的道路。

每当遇到好浪时，所有的冲浪者都会一边发出奇声怪叫一边从浪头上滑下去。还有的人甚至会用瞬间黏合剂黏住被珊瑚刺裂的伤口继续滑行。

当雄太冲过大浪时，他的大脑一片空白。只有10秒左右的那个瞬间尽管无法用言语表达，但仿佛烙在了他内心深处挥之不去。不仅如此，对雄太来说，冲浪者的生活方式才最难得，最具吸引力。可以说，这是一种不需要为了金钱而破坏自然，或者通过竞争把他人踢下去的生活方式。在与大自然共生的这种感觉中，雄太的心境一直处于安稳的状态。而且，最重要的是，这种生活方式可以让雄太做回真实的自己。这是进入学校系统以来，他就一直在拼命找寻的属于自己的位置。

雄太一边在冲浪店打工，一边继续冲浪。他几乎不去大学，而是往返于打工的冲浪店、海边和公寓之间。

在琉球大学读到第8年时，他终于有希望毕业了。但是，当他拿到基础课程的学分，进入选择毕业研究的阶段时，所有看起来有趣的研究都人数已满，剩下的只有关于分形理论的课程。尽管父亲因雄太不毕业、不交国民养老保险费而生气，偶尔停止给他寄生活费，但雄太好不容易熬到了最终学年，为什么最后竟落得非得选择分形理论这种莫名其妙课程的下场呢？父亲给他寄来了研究生院的资料，好像在说"给我考去这里"，雄太却假想着自己不毕业的情况，尽量把家里寄来的生活费存起来，把打工的工资作为生活费。另外，为了实现将来能在海上工作的愿望，他对母亲说"体育课学潜水需要钱"，并且考取了船舶驾驶证。就这样，他稳步顺利地做好了退学的准备。

"我打算在石垣岛开一家分店，要不你来给我当店长？"

就在他最终准备要放弃分形理论的时候，打工的冲浪店所属公司的社长向他提出了这个建议。雄太之所以被选中，是因为他的衣着打扮看上去比其他打工人要像样一些。不管冲浪者有多么"不符合社会秩序"，冲浪店也是在做生意。如果要在八重山群岛开分店，总公司便无法轻易地核对经营状况，所以选择了看起来认真的雄太。这正是他从大学退学的好契机。再加上雄太敬重社长的人品，因此，他决定去石垣岛。

雄太很快就喜欢上了这个人口约 4 万的小岛。

石垣岛的中心地区已经被打造成了旅游地带，有很多纪念品商店。不过，稍远一点就是成片的山、海和田地，剩下的只有那些一眼可见的稀稀落落的村落。

雄太觉得这座开车绕一圈也就 3 个小时左右的岛上的小街道非常适合自己。回想起来，当自己置身于都市里极其宽阔的街道时，无法把握整体，不可能完全了解哪里有什么。与此相对，在石垣岛，即使开车也能清楚地知道那边是哪里、这边会有什么。雄太心想，在名古屋时会感到烦躁和莫名的不安，或许是因为街道的规模超出了自己的承受能力。在石垣岛的话，便能安心。待在这里，会自然而然地感到安心。石垣岛便是雄太好不容易找到的"安居之地"。

但另一方面，冲浪店店长的工作太过繁重了。这是雄太的第一份工作，所以也可以说是没办法的事，可这让他的内心又萌生出了新的疑虑和不满。

雄太原本就一直不喜欢义务和框架这类东西，因此他不可能轻易地把冲浪店的工作当成自己生存的意义。尽管他觉得工作本身很有意思，但是显然不适合自己。以前做兼职的时候，他可以和店里的冲浪手们说笑，只要在社长来的时候利落地干活就行。然而，当上店长之后，肩上的分量和责任就不一样了。最重要的是，工作一忙起来，就没时间去海边了。对他来说，这是最痛苦的事情。

在担任店长的过程中，雄太逐渐开始意识到，自己难以作为一名工薪族把工作做好。

当渐渐地连去冲浪的时间都没有了的时候，雄太已经到了自己的极限。原来在冲绳本岛的时候，他每天都在想着大海、眺望着大海当中度过。但是，担任店长的时候，如果他不努力去思考的话，脑海中便不会浮现出大海。当他为了腾出一丁点时间，拼命设法安排兼职轮班的时候，心想这样还不如自己原来晚上打工、白天冲浪的生活。

不知不觉间，冲浪似乎变成了一项单纯的爱好而已。与大海共生的理想开始与现实脱节。他心想，为了余暇而工作，这事自己可不干。

在担任冲浪店店长一年之后，他在朋友工作的小酒馆里遇到了一位"海人"。在冲绳，渔夫被称为"海人"。当时的季节是冬天，虽说是在石垣岛，1月也让人微感寒意。

有一天，雄太边喝酒边抱怨："我想辞掉冲浪店的工作，做个海人什么的。"当时，正好有个喝醉了的海人在场。

"好啊好啊，我带你去，我带你去，记得带上便当来哟，明早7点啊。"

当雄太表现出对渔夫工作的兴趣时，海人借着醉意随口说道。

第二天，雄太真的去帮忙捕鱼了。

那天使用的是被称为"笼网捕"的一种捕鱼法。该方法是先将一个直径50厘米、长20厘米左右的鱼篓放在珊瑚礁上，日后再叼着被称作"水烟筒"的输气管潜入海里，然后用鱼叉戳鱼篓里的鱼。捕鱼时，会用珊瑚碎片或岩石等来掩盖鱼篓，以便更容易引诱鱼儿进入其中。这种捕鱼方法的有趣之处在于，人会去戳鱼篓里的鱼，从而可以避免捕捉到小鱼。鱼篓设置在固定的地方，用这种方法捕鱼的海人每天都会去回收里面的鱼。

雄太帮忙做这个工作的时候，感觉到"啊，也许就是这个了"。这是一项在大自然中进行的工作，对雄太来说再合适不过了。而且，最重要的是，这可以让他实践每天观察和思考大海的生活方式。

能够再次按照大自然的节奏生活下去，真是一件魅力无穷的事。而且，在海面波涛汹涌无法出海捕鱼的日子里，雄太还可以冲浪。

雄太立刻告诉社长自己要辞去冲浪店的工作，并拜托那位海人："我不需要工资，请让我去捕鱼吧。"他决定暂时靠失业保险维持生计，然后下定决心要想办法成为一名渔夫。

从那以后，雄太每天出海帮忙捕鱼。不出所料，这份工作是个重体力活，工作环境相当严酷。当时正是糸满

（冲绳本岛西南端城市，渔业发达）采用传统捕鱼法的季节，涨潮时在河口或海湾的入口处撒网，退潮时步行回收捕获的鱼，因此，新加入的雄太被肆意使唤去打捞好几吨重的渔网等工作，这些都是大家不愿意做的。

接着，他还帮着进行了另一种捕鱼作业，采用的是被称作"赶鱼入网"的捕鱼法。据说这是让糸满海人声名鹊起的一种传统捕鱼法。在使用这种捕鱼法之后，鱼会被一网打尽，以至于附近没有任何鱼。当时，雄太帮忙捕捞的是水族馆用的热带鱼，捕捞规模很小。尽管如此，雄太目睹了这种捕鱼法，因而对海人们的豪迈惊叹不已。捕鱼时，要把船开到可能有鱼的地方，再把经验丰富的老海人扔到海中央的几处。雄太刚想着"要是跟丢了怎么办？"，不一会儿，老海人们便发来了信号。经确认无误后，大家便带上渔网潜入海里，用像掸子一样的棍子吓唬鱼，然后从一边将其赶入网里。

即便采用这种捕鱼法，起网依然是一项极其费力的作业。然而，雄太很倔强，没有请过一天假。因为一旦请假就会上瘾，更重要的是，他不想让海人们觉得自己没干劲。

就这样，在失业保险金领取期限内，雄太积累了一些经验。他决定采用与起初在小酒馆遇到的那位海人同样的方法进行笼网捕鱼。为此，他向不情愿的父亲借钱买了一艘二手船。在需要大笔资金的这个时候，他只好依靠父亲了。

但是，没有船就无法捕鱼，这只不过是雄太的臆想而已。他在开始采用笼网法捕鱼后不久，就意识到了这一点。

说起来，有这么一条规定：非渔业协同组合①的正式成员不得进行笼网捕鱼。也就是说，雄太作为非正式成员进行笼网捕鱼是违法的。尽管老海人们轻巧地说了一句："这没有关系的啦。"但如果渔协或政府的人告知他这样做是不行的，原本就不是当地人的雄太没法坚决地说"没有关系"。不凑巧的是，船也出了故障，必须修理。

"雄太君，要不试试水下光诱鱼？我有个朋友是做海人这一行的。"

就在那时，以前的冲浪同伴这样询问雄太，并给他介绍了一位年轻的海人。那是一位日本本土来的青年，雄太偶尔会在渔协遇到他。当他看到雄太用笼网捕到的鱼时，对他说："如果你第一次就能捕获这么多鱼，那干这行足够养活你。"此后，两人便开始交谈了。雄太立刻拜托他带自己去水下进行灯光诱鱼作业。

水下光诱鱼法是一种原始的捕鱼方法，具体操作是夜里拿着照明灯，通过自由潜的方式来捕鱼。每个海人都会使用自己下功夫制作的鱼叉（当地方言称之为 Igun）和照亮海底的灯。许多海人把从建筑工地拔出的木桩加工制成鱼叉，将助动车的车灯安装上电池并经防水加工后背在身上。尽管所有这些工具都能从市面上买到，但据说他们觉得自己制作的东西不容易坏，还可以根据自己的要求量身定做。他们不使用渔船，而是乘坐手划船或装有小型船外

---

① 渔业协同组合简称"渔协"，是由日本的中小渔业生产者和渔民组成的经济合作组织，同时也是政府与渔民之间起中介作用的、承担基层水产管理任务的机构。

我们工作的理由、不工作的理由、不能工作的理由　235

机的船只从沙滩出海。雄太使用的是聚乙烯制成的黄色独木舟。渔场在珊瑚浅滩或礁石附近，他们不会去到离陆地太远的地方。

驶入漆黑的海面非常可怕。首先，身处夜晚的海上时，并不知道陆地在哪里，只能看到借助灯光可以照亮的范围，除此之外漆黑一片。雄太把鱼叉当手杖，竭尽全力地游着，根本没法戳到鱼。渔场潮流湍急，且有很多鲨鱼，这让他倍感恐惧。在这样的情况下，历尽艰辛的雄太看到年轻的海人用笼网捕鱼法捕获了数量惊人的鱼。那天，雄太好不容易才只抓到了一只伊势龙虾。

起初，雄太根本捕不到鱼。一天的捕鱼量只有价值2 000日元左右，糟糕的时候甚至只有980日元。

不过，跟着海人前辈去过几次，逐渐适应了夜晚的大海后，雄太开始对这种捕鱼方法甚是喜欢。

用自己的身体去面对大自然的感觉和冲浪完全一样。雄太每天都想着大自然，望着天空，看着海浪。与在早上固定时间去到固定地点捕鱼的笼网法不同，水下光诱鱼法可以花一整夜考虑"明天要去哪里捕鱼"。这一点让雄太非常开心。

雄太被水下光诱鱼法的奥妙之处迷住了。小鼻绿鹦嘴鱼、鳃棘鲈、章鱼、白斑乌贼，每种鱼都有自己的个性，性格相异，当然，颜色也不同。

有的鱼一见到人就逃，有的则盯着他这边看。章鱼会踮起脚尖想要看看人类，而白斑乌贼在灯光照射下则会停止移动。当白斑乌贼的雌雄成对出现时，如果先戳雄性，雌性便会一溜烟地逃跑，但如果先戳雌性，雄性则会在观察情况后慢慢靠近。海人之间流传着这样一句话："白斑乌贼要先戳雌的。"雄太起先不知道这个说法，因此经常让雌乌贼跑掉。雄太渐渐地被与这些鱼的较量和智慧比拼的奥妙所吸引。

海人要随着潮汐的变化而游动，根据月亮周期变更目标鱼群。遭到人类欺凌的鱼不会再靠近，因此，他还要观察沙滩上留下的痕迹来判断前一天其他海人在哪里捕鱼。捕鱼工具全都是自制的，所以还要手巧。这个职业虽然完全不需要懂经济或政治，但需要经验性的知识。

对雄太来说，与大自然打交道是一件有趣的事。而且，他觉得游泳很开心，也喜欢制作东西。他所找寻的一切都浓缩在水下光诱鱼法当中了。最重要的一点是，对于拿着鱼叉在海里找鱼的行为本身，雄太非常认同。因为方法简单，所以他有一种狩猎本能被唤醒的感觉。

无法把握周遭情况的那种不安不知不觉间消失了。

雄太想到了机动船和汽车的发动机。

"一台发动机是由许多人在大型工厂里组装起来的。整个作业被分成几个部分，当不同的人逐一完成各道工序时，最终会生产出一台发动机。可是，谁也不知道这台发动机是否完美，即使设计图没有错误，发动机也可能因一颗螺丝或一个垫圈的缺陷而无法运转。如果在茫茫大海中发生这种情况，自己就回不去了，搞不好或许还会丧命……"

当然，有很多人并不会抱有这种不安的感觉。但是，对雄太来说，这是很可怕的事情。

当年，雄太觉得世上充满了不正义，内心积压了莫名的不安，可没人回答他的"为什么"。那时的雄太不明白，剃光头、穿校服、上下学时佩戴头盔、参加社团活动……这些学校强加给自己的"正义"，以及老师们煞有介事地说的那些话，是否果真是正确的？按部就班的高中生活、考上大学、在"正经公司"上班、社会纪律和义务……这或许确实是一张庞大的"设计图"。然而，即使是完全按照设计图来，应该也无法保证其中的每一个零件都绝对没有损坏。

尽管如此，如果在都市里大声疾呼这种不安，立刻就会被视作扰乱整体秩序的"异类"。实际上，在学校看来，高中时期的雄太就是一个"不寻常的学生"，也就是"异类"。

然而，他之所以是"异类"，只是因为他身处高中这个组织的价值观之中而已。从他选择不去学校开始，他就不再是异类了。

在接下来的约10年时间里，他拼命地寻觅着去到哪里才能找到适合自己的那个螺丝孔。最后，费尽周折，他终于到达的地方就是石垣岛。他终于找到了答案，那就是成为海人。

"就此决定啦！！"

有一天，雄太心里这样想着。

雄太从名古屋的高中辍学，然后去了冲绳的大学，再接着，又向着更远的地方出发，而现在来到了这里。这是他为了找到属于自己的位置，在无意识中不断寻觅，最终好不容易获得的安居之地。

傍晚,雄太一边眺望着翡翠绿的大海被染成红色,一边在港口和三四个海人同伴坐在船上或地上说笑。毫不意外,大多是关于捕鱼和鱼的话题。海人之间的交谈也是彼此间重要信息的一种交换。

尚未上岸的渔船在海面上漂浮着。由于海上风平浪静,没有波浪,这些渔船真的是在那漂来浮去。

海人们都晒得皮肤黝黑,体格健壮。

雄太就在其中。他也毫不逊色。自从成为海人,大概过去一年了,他身上已经完全具备了渔夫的风采。

雄太开始会夹杂着当地方言说话了。其特点是会在结尾处加上"撒~",给人几分温柔的感觉。

海人们面带微笑地讲述着自己在海上极其紧张的经历,让人不禁想:"搞不好的话,那不就死了嘛。"大家的反应都很大。一边发出"唷!"或"嘀!"的声音,一边做怪相。或许是因潜水对耳朵造成了伤害,老海人看上去像是在打手语。雄太迟早也会变成那样吧。

雄太笑了,大家也都笑了,笑得像个孩子。他感觉自己的声音会随风飘向无尽的远方,或许是因为那里被大海包围着吧。

不知不觉间,星星开始稀稀落落地在天空中闪烁。很少有地方能如此轻易地找到第一颗亮的星星,毕竟有那么多不一样的天空。

雄太一天的捕鱼额达到了 15 000 日元。他的技术正在稳步提高。即便如此,据说擅长水下光诱鱼法的海人有的一天能捕获 5 万至 10 万日元的鱼,所以他今后还有很大的提升空间。

阳光照耀着清澈蔚蓝的大海,白色的沙滩反射着太阳的光芒。一到这般景象的夏天,岛上就会有大批游客从日本本土涌来。

一到冬天就变得截然不同,街上冷冷清清,凉飕飕的空气笼罩着全岛。

然而,无论冬夏,雄太都与大海为伴生活着。他总是想着大海,仰望天空,不用管日本本土人的行动和想法,以及常识和客套话。

在自己期望并亲自找到的这个地方……

尾　声

所谓"社会"究竟为何物？"长大成人"又意味着什么？在这些疑问的推动下，我对几位年轻人的人生稍作窥探。对他们内心的纠葛、不安、希望和喜悦，我或是产生共鸣，或是感到惊讶，"嗯嗯"地连连点头。

万籁俱寂的深夜里，我关掉自己房间的灯，躺下望着天花板，试着回忆他们说过的话和我实际看到的场景。

我的脑海里浮现出在凌乱的房间里呆呆地看着电视的前岛康史，上班时间偷懒去路肩停放的汽车的座椅上睡觉的武田明弘，在麻布高中文化节上挥汗如雨地打鼓的成田健二。还有，在便利店收银的大黑绚一。

当我经过京都站检票口的时候，一回头就会想起长泽贵行一直向我挥手的情景。

"那就加油吧，再见！"

我们互相说了这句话，然后便分别了。

有一天，我去荻川喜和工作的养老院时，正好碰到他开着轻型面包车刚把入住者载了回来。

"噢！有什么事吗？请稍等一下。"

他边下车边这样说道。然后，陪着入住者慢慢地走进了养老院。

有田淳，这位可以称之为我的恩师的年轻人，不知今天下课后，是否也待在空无一人的教室里，独自陷入沉思？

现在是晚上，雄太可能正背着助动车的电池在海里。想必此时此刻的沙滩上，一盏用来把握陆地方向的闪光灯正一边忽闪忽闪地发着光亮，一边守护着海里的他吧。

去石垣岛见河村雄太后不久，我走在新宿的街头。

人们的流动和往常没什么两样。但是，我的内心却已经发生了某些变化。一路上，我与许多人擦肩而过。有穿着西装的上班族或白领丽人，有情侣或拎着纸袋独自行走的人。在这些人当中，依然有不少年轻人的身影。他们有的在开心地笑着，有的在面无表情地走着，还有的在无所事事地等人。

身处这样的人潮漩涡之中，我突然感到内心炙热。他们和我恐怕不会有太大的关联。但是，大家在各自的人生当中一定有着许多纠葛和不安，而同时也感受着诸多喜悦。

在这看起来只是一群人的集体当中，有着数量惊人的个体。而且，无论是今天、明天、还是后天，他们都想要开拓自己的人生吧。我遇到的8位年轻人也在这群人里面。而我自己也在其中。作为一个人，一个个体。

一直以来，我都认为社会是墙那边的一口大锅。而且，我一直能感觉到，那些对走向社会抱有困惑、陷入苦恼的年轻人在墙壁前停下了脚步，排起了队列。

但是，当我突然回过神来时，发现原本挡在前面的那堵墙已经消失不见了，本该冒着热气的沸腾着的那口锅也没有了。回首身后，本应排着队的年轻人的身影也无处可见。广袤的大地上只有一条路，我独自一人始终站在上面。这条路不属于其他任何人，只为我而存在，是我一个人走的路。

每个人都走在属于自己的道路上。与几位年轻人相遇的经历让我注意到了这一点。我只不过是在他们独自走过的路与我的路有片刻交集时，稍微询问了一下他们人生中发生的事情。在与我共享了片刻时光之后，他们依然继续在各自的道路上走着。

前岛已经搬离东京的公寓，回到了甲府的老家。据说他还没有决定自己今后的去向。

武田从丰田卡罗拉辞职，现在作为派遣员工[①]在电器店工作。

健二上大四了。乐队状况似乎时好时坏，反反复复。

大黑现在还在继续当一名飞特族。

长泽开始在一家快餐店工作了。

荻川所在的工作单位新建了一家特别护理型养老院，他被推荐作为开业团队成员去那里工作。估计过不了多久，他就会成为该养老院不可或缺的一员。

---

① 派遣员工是由派遣公司派遣到其他公司或企业工作的员工，属于临时工或合同工。他们的雇佣关系和工资福利由派遣公司管理和支付，而接受派遣的企业则向派遣公司支付一定的服务费用。

有田除了补习班的工作，还有乐队活动、学习，看上去很忙。

　　雄太的情况如前文所述……

　　他们是一群正在尝试开拓自己人生的年轻人。

　　但是，即使当他们已不再年轻，他们也仍然会"在路上"，这一点不会改变。无论走到哪里，只属于自己的路今后也必须独自继续走下去。谁也不会替自己走，即使背负的行李只有一丁点重量，也不可能让他人替自己担负。同样的，自己也没法帮别人背行李。也许我从他们的言语之间，不知不觉地感受到了这些没有成形的想法。不过——

　　不过，我们都能理解，无论是必须独自行走，还是他人不能替自己背负行李，或是自己也不能替他人背负行李这些想法。这样一想，我就有种自己内心墨守的什么东西一点点地被解开的感觉。即使不挺起胸膛，即使没有自信，人也还是会迈出走向社会的第一步。然后，永远保持"在路上"的状态，脚步不断向前迈进。

　　道路一直延伸着。既然站在了路上，就必须继续走下去。当然，我自己也不例外。

　　即使脚的迈出方式不同，步伐之间也没有快慢之分。

　　纵然路的形状相异，路程之间也无优劣之别。

后　记

1999年末，决定开始为本书收集题材的时候，我正在读大三。

大概是在同一时期吧，我去同学朋友的公寓消磨时间，拿起了他找工作时用的瑞可利或是别的什么人力资源公司提供的一本厚厚的企业宣传册，叭啦叭啦地翻起来。

翻开书页，里面是企业信息的洪流。

上面详细记载了每个企业的月薪、待遇、公司简介。我原本就喜欢看这类东西，于是便不由自主地沉浸其中："这家公司的起薪是22万日元""企业名录里没有岩波书店啊""这家公司的注册资金如此雄厚吗"……

那种感觉，有我曾经在什么地方感受过的那股昂扬之气。明明是和自己相关的事，却似他人之事，又像是在玩游戏，或是在比较不会购买的商品……

我立刻就想起自己在哪里有过那种感觉。

那和高考前一个劲地翻看报考指南时的感觉很像。指南手册上堆满了各种大学的偏差值、学院特色、学生人数及就业状况等信息。我逐一对比这些大学,"这所大学的偏差值是 56""这里有这样的学院吗""这儿虽然看起来难考,但是倍率①低,所以说不定……"。我完全没有从手册的内容当中感觉到现实性或紧迫感,而是不由自主地着迷般地看了起来。

也就是说,姑且不论自己是否要找工作,说到底,我当时在朋友的公寓里,做着和大学入学考试期间一模一样的事情。

当我意识到这一点的时候,感到自己今后的去向似乎已经被人事先决定好了,仿佛有什么东西在背后推着自己,即使反抗也毫无意义。然后,我突然回过神来——这么说来,我也要去找工作吗?或者说,我很快就要走向社会了吗?我产生了一种不安的感觉,好像自己被人推着要跳进眼前这片漆黑的空间里,感到一种不可捉摸的奇怪的焦虑。

是因为没有做好走向社会的心理准备而感到不安吗?还是因为讨厌"工作"?一般来说,人们是否会为去那个叫"社会"的地方做好心理准备?……说起来,社会是什么?工作又是什么?

我怀着这样的心情持续收集题材,然后便有了这本书。我向身边的朋友、亲戚,以及偶然遇到的二十几岁到

---

① 倍率是用于反映日本大学入学考试竞争激烈程度的指标,分志愿倍率和实际倍率两种。前者是志愿者数除以入学者数得出的数值,后者是应试人数除以合格者数得出的数值。

三十出头的人提出了这样一些问题："你为什么会在那里？为什么工作？或者，为什么不工作？"因为我认为，通过倾听他们的回答，或许能找到一些线索，来解答走向"社会"意味着什么这一模棱两可的疑问。

然而，在完成访谈和撰写工作之后，我想到的是，"社会"似乎并不是我一开始觉得的那种可以"跳进去"的地方，而是在我们拼命向前迈进的过程中，不知不觉到达的那个地方。这是我如今的感受。

我在本书的标题中使用了"我们"一词。

因为和接受了访谈的他们一样，我也是摸索自己"未来之路"的人中的一员。

每次和他们见面，聆听他们的故事，我心中积聚的不安和违和感就会一点点地被打破。也可以说，我渐渐开始觉得，无论"社会"是个什么样的地方都没有关系了。

首先，我要向他们表示衷心的感谢。如果没有他们的协助，我不仅无法完成本书的写作，而且可能至今仍处于模糊的不安状态之中，甚至会比以前更加严重地焦虑下去。通过这些相遇，我觉得自己心中产生了一丝类似勇气的东西。这东西或许很脆弱，让人担心，但我相信，它虽小但是个确确实实的宝物，比那些厚厚的、带有强迫性的企业宣传册等，对我今后的人生更有用。

我还要向文艺春秋的饭沼康司先生，以及出版事业部的关根彻先生和责任编辑今泉博史先生表示深深的感谢。

感谢他们在百忙之中抽出时间及时阅读这份手稿。真的非常感谢各位！

2001年初夏

稻泉连

文库版后记

在为本书开展题材收集工作时，我是一名21岁的大学生。

就"工作"这一主题，我采访了与自己同龄的这一代人，并将每个人的采访内容描绘成他们的"个人故事"。他们当中有"飞特族"，也有曾经属于"茧居族"的人，还有作为社会的一员正踏实工作的人。他们在挣扎中摸索人生，一点一点地向前迈进。我一边被他们的身影深深地吸引着，一边写下了这本书。

记得2001年春天写完初稿时，我感到如释重负。这并不是对完成手稿的安心。我15岁念高中时开始拒绝上学，然后辍学，再之后通过参加大学入学资格检定考试，成为一名大学生。我觉得学校这个"社会"是一个残酷的地方，我每天都在拼命地掩饰自己，维护朋友关系。由于没能控制住过剩的自我意识，我最终没法去上学，仿佛是为了逃避这一切——在写下本书最后一页时，我反复回想着那段日子。

进入大学后，我写了一本手记，名为《我的高中辍学手册》(文艺春秋，1998)，这才得以直面当时混乱的心情。

在撰写那本手记的过程中，我尝试重新窥视自己上高中时的内心世界，把当时无法很好地用语言表达的心境转换成文字，并尽量回忆起当时的场景。通过这样客观地重新审视自己的经历，我感觉似乎终于摆脱了"高中"时期的自己，那个即使是在进入大学之后，也仍然会蟠结在心里的某处，让我感觉不舒服的、时常还会表现出来的自己。在这个瞬间，我还第一次意识到了"写自己"的功用所在。

然而，在写完手记时，自己几年后将大学毕业走上社会这一现实开始降临在我的面前。仔细想想，这倒是件顺理成章的事，但对于刚刚还在与"15岁的自己"搏斗的我来说，多少显得有些突然。

当时，我刚刚从高中的经历中走出来，对尚未见识过的另一个"社会"抱有违和感和不安，完全没有信心在那里好好地待下去。在此过程中，我产生了一个想法："想听听我们这一代人的故事。"这是我开始为本书开展题材收集工作的最大动机。我想知道是否只有自己一个人对那个"社会"抱有违和感和不安，或者其他人是否也有过类似的感觉？通过了解和记录这些故事，或许可以让自己对"社会"的模糊的不安变得具体一些，并以不同的视角重新审视自己。这样一来，我心中的违和感和不安或许会有所淡化。我向几位同龄人提出了"你如何看待工作？如何看待走向社会？"这样的问题。另一方面，提出这些问题这一举动本身也是我对自身应该如何看待"社会"这一问题的思考。

在写完这本书之后，在大学毕业前不久，我正式成了一名自由撰稿人，主要为一家杂志的编辑部工作。我曾经觉得社会就像是"一口咕嘟咕嘟沸腾的巨大的锅"。但从那时起，我对"社会"的印象彻底发生了改变。在"社会"上工作，确实会有很多痛苦和不安，但也有只有身在其中才能获得的"坚强"。而关于"工作理由"这一问题的答案，就存在于在社会上生存这一行为本身，必须依靠自己的力量去寻找……

在这样的过程中，我意识到，当时与本书中登场的他们相遇，并交流彼此感受的那段时光，对自己来说是一段重要的经历，至今仍然留在我心中。在倾听他们的烦恼和喜悦、他们的曲折经历时，我时常会产生小小的（有时是巨大的）"共鸣"。在访谈和写作的整个过程中，我一直感觉他们的某些话就是我自己的话，他们的某些烦恼与不安也是我自身的烦恼与不安。

与他们的对话之所以会深深地印在我的心中，一定是因为这种"共鸣"造就了如今的我。而与此同时，对我来说，这本书或许是一部写我自己的作品。在这部作品中，我借助他们的身影描绘了自己为飞向社会而尝试助跑的过程——现在距离我写这本书已经过去5年多时间，我的这种想法愈发强烈。

2007 年 1 月

稻泉连

译后记

2023年5月某日，上海译文出版社人文社科编辑室的常剑心编辑给我发来消息。大概是说她手头有本书，描写即将或刚踏入社会的年轻人对择业的困惑与思考，问我是否有兴趣翻译。看完常编辑附上的作者简介及原著目录后，我随即表示自己非常感兴趣，乐意接受委托翻译工作。

回想起来，自己当时如此爽快地答应下来，主要有两方面原因。一方面，该书内容与本人的关注点十分契合。由于我是一名大学教师，兼任班级导师、学术导师，与学生交流的机会较多，也因而尤为关心学生的成长，包括就业、择业等问题。我当时的第一反应是，倘若能将日本同类话题的优秀纪实文学译介至国内，或许也能给我们的年轻人一些好的启示。另一方面，我与常编辑已有两部译作（《堆芯熔毁：福岛第一核电站事故实录》《选择安乐死的日本人》）的合作基础，彼此之间建立了足够的互信。我知道常编辑看重译作质量，会给译者较为充足的翻译时间。

而我本人作为从事教学与科研工作的教师，一向秉持严谨踏实的态度，相较于"量"，更注重"质"，希望自己有较为充足的时间斟酌译文，与出版社合作努力推出优质的译作。

于是，我与上海译文的第三次合作便就此开启。其实，当时正值我作为青年骨干教师公派至日本的早稻田大学访学期间，故而不便劳烦编辑将样书漂洋过海寄过来。不过，利用在东京之便，我迫不及待地立刻入手了这本书。全书读罢，我更坚定地认为自己做了一个相当正确的决定——承担该书的翻译工作。因为它的内容不仅适合即将或刚踏入社会的年轻人，而且也适合包括我自己在内的任何一位走过青葱岁月之人。遥想十几年前自己即将大学毕业那会儿，还来不及像作者这样思考"'社会'究竟为何物？'长大成人'又意味着什么？"这类问题，就顺理成章却又懵懵懂懂地踏入社会，进入一家日资企业工作。当然，在企业工作了大约两年之后，我又再次踏上求学之旅，并于博士毕业后来到大学教书育人。尽管如此，透过作者之笔窥探这八位年轻人的人生时，我从字里行间想象并感受他们内心的纠葛、不安、希望与喜悦。这些迥然各异的人生经历一次又一次地让我深刻地认识到人与人之间的不同，抑或说是个体差异。

说到"个体差异"，我不禁想起日本偶像男子组合SMAP演唱的一首名曲——《世界上唯一的花》(世界に一つだけの花)。这是一首发行于2002年（平成十四年）、日本平成时代销量第一的单曲，被认为是最能代表那个时代的歌曲。它之所以影响力如此之大，不仅在于其旋律动听，也不仅是因为SMAP的名气，更是由于歌曲本身有着时代意义，其中蕴含着多元文化与价值和平相处的色彩。日本人在平成时代经历了失去的三十年，而这首歌恰好表达了那个时代日本人的价值观："不做第一也没有关系，本来就是特别的唯一"。这首歌的歌词非常正能量，会让处于沮丧中的人们感受到力量。比如，其中有一段歌词是这么说的："是的／我们都是世界上唯一的花／每个人都拥有不同的种子／只要为了让花儿绽放／而拼尽全力就好／有的人困扰地笑着／处于深深的迷茫之中"。哪怕是世界上再渺小的我们，也是独一无二的花朵。对于往往强调集体意识的日本人来说，这首歌曲中所强调的个人价值可谓是从个人角度肯定了个体存在的价值与意义。

本书作者稻泉连生于1979年（昭和五十四年），高一辍学后，通过大学入学资格检定考试进入早稻田大学。1999年（平成十一年），正在读大三的他在"社会是什么？工作又是什么？"这一疑问的驱使下，开始采访与自己同代的八个人，并用笔头描绘出他们的内心世界。他们这群年轻人一边对"社会"抱有违和感或不安情绪，一边在不断地尝试摸索自己的人生。他们当中，既有"茧居族""飞特族"，也有"不登校"，甚至还有即便在大企业就职也曾有过诸多内心纠葛的"精英"。2001年（平成十三年），也就是刚才提到的歌曲《世界上唯一的花》问世的前一年，作者完成手稿，将八位年轻人的采访内容描绘成他们的"个人故事"，以单行本的形式出版发行。这些故事无疑是主人公们的个人青春写照。而与此同时，我认为故事中的"飞特族""茧居族"等也都是日本经济衰退在平成时代的社会领域中的一种投射。

说起毕业后无固定工作的"飞特族"、脱离社会自我封闭的"茧居族"，这些与常人格格不入的日本青年究竟是如何形成的这一话题，还得从20世纪70年代讲起。彼时的日本在完成经济高速增长后进入富裕社会，社会财富的增加和生活水平的提高，为青年提供了富足的生活条件。在物欲容易得到满足的情况下，重视自我成为了青年新的价值追求。牺牲自己、忠于社会或集团的传统人生观不断弱化，重视个人生活与家庭幸福的当代价值意识逐渐增强。换言之，青年的价值观已从"灭私奉公"的国家主义观逐渐转向个人主义方向发展。另外，1970年代，在物质生活日益丰富与精神压力不断增大之间形成强烈反差的背景下，青年群体中出现了"无气力""延缓成为社会人"等与传统价值观发生背离的偏差行为。这些行为在本书中均有所提及，且第一章副标题"暮气沉沉的大学生，模糊不清的未来"当中的"暮气沉沉"一词的原文便是"无气力"（無気力）。它用以指代缺乏朝气、没有热情，对任何事情都不感动也不关心的无所作为的状态。

1980年代，日本进入"消费时代"。所谓的"新人类"随之诞生，标志着青年的劳动观也发生了巨大转变。"新人类"一词在出现初期曾经是日本媒介对不拘传统、追求时髦的青年人的谑称。但后来，这个词转而指代出生在日本经济高速增长的年代，从幼年起便处于富裕的环境之中，在生活、学习、思想等各个方面均受到"过分保护"的日本青年。他们的特点是缺乏社会责任感，认为自己来到世间唯一的目的就是享乐，而工作只不过是赚取享乐所需资金的临时手段。从"新人类"开始，日本以往提倡的勤勉、敬业、努力的价值观遭到抛弃，忠于生活、追求生活成了部分青年新的生活重心。当然，不可否认的是，这种追求个性和自由的青年文化是不同社会环境下青年对人生的价值判断与选择，也是其追求新颖、创新以及差异性生活方式的一种表现形式。

然而，最重要的改变则发生在平成时代，即1989年至2019年。这一时期日本社会出现重大变化，经济低迷、就业环境恶化、贫富差距拉大。与此同时，在竞争异常激烈的社会环境中，由于受到"上重点学校，就职于大公司，然后才能出人头地"这种社会主流价值观的影响，青年所承载的升学、就业、升职等社会压力也与日俱增。面对越发激烈的就业竞争，实际上只有一小部分青年可以顺利跻身正式员工，大部分则会成为"非正式雇佣者"。收入稳定、福利待遇好的正式工，与收入不稳定、福利待遇差的非正式工之间出现了两极分化现象，即所谓的"优胜组"与"失败组"。前者是家庭富裕，在激烈竞争中脱颖而出的少数社会精英，他们通过努力学习，考上名牌大学，进入一流企业，成为正式员工，从而获得稳定的高收入和较高的社会地位。而那些家庭条件一般的青年在无论如何努力也看不到希望的现实面前，无心向学，从而最终彻底沉沦。他们有的不得已成为"飞特族"和"单身寄生族"，有的则在不断受挫中选择啃老,加入"啃老族"大军,甚至成为完全脱离社会的"茧居族",沦为"下流阶层"。这些青年人自信心严重受挫,与追求理想相比,变得安于现状和无欲无求,逐渐走上了低欲望之路。日本知名社会观察家三浦展的《下流社会》(上海译文出版社,2018)详细地描述了这群在人生竞争中落入下风,并从此一蹶不振的日本青年。

近年来,"蹲族"成为流行词汇,这一群体的不断扩大引发人们的广泛关注与讨论。《半月谈》刊发文章《城市"蹲族":明明拿着一手"好牌",为何却选择"就地躺平"?》(2021.03.17)曾描述过这样一群人,"受过大学教育、家庭出身不错,这两个标签加起来仿佛预示着一份好工作、好前途。但实情却是,部分这样的年轻人并没有按照如此剧本走上理想之路,而是选择在家或出租屋里,成为一名城市'蹲族'。""蹲族"与日本的"茧居族"尽管不完全相同,但也有着相似之处。他们低欲望、逃避工作,甘愿选择"家里蹲"。被称为"蹲族"的这群年轻人或因为日益激烈的就业竞争环境而选择"蹲",或因为工作理想与现实不符而"就地躺平"。有人蹲得自由,有人却蹲得焦虑又纠结。当然,无论"蹲"或"不蹲",都是年轻人对自身生活方式的自由选择。暂时性的"蹲"不可怕,可怕的是想一辈子"蹲"下去。

本书的尾声部分提到故事主人公八位年轻人依然继续在各自的道路上走着,他们是一群正在尝试开拓自己人生的年轻人。即使当他们已不再年轻,他们也仍然会"在路上"。无论他们走到哪里，只属于自己的路今后也必须独自继续走下去。作者接下来写的下面这些文字给我留下了深刻的印象。

> 即使不挺起胸膛，即使没有自信，人也还是会迈出走向社会的第一步。然后，永远保持"在路上"的状态，脚步不断向前迈进。
> 道路一直延伸着。既然站在了路上，就必须继续走下去。当然，我自己也不例外。
> 即使脚的迈出方式不同，步伐之间也没有快慢之分。
> 纵然路的形状相异，路程之间也无优劣之别。

在我看来，上面这些话肯定了不同个体的存在价值。与此同时，也给出了作者对年轻人"踏入社会"这一疑虑的回答，即："'社会'似乎并不是我一开始觉得的那种可以'跳进去'的地方，而是在我们拼命向前迈进的过程中，不知不觉到达的那个地方。"因此，也才有了作者在后记中所说的"我渐渐开始觉得，无论'社会'是个什么样的地方都没有关系了"。因为，人终究要迈出走向社会的第一步。

当然，也许年轻的你会充满纠结与不安。可是，"谁的青春不迷茫？"我想，这句话适用于日本年轻人，也适用于中国年轻人。正如我国作家刘同创作的长篇小说《谁的青春不迷茫》（中信出版社，2012）的书名一样，生活在都市中的当代年轻人出现一些焦躁不安、困惑迷茫的情况是在所难免的，也是人之常情。

在与大学生交流谈心的过程中，我感受到如今不少年轻人对自己的未来或多或少感到迷茫，不像我当年那么懵懂不知世事。我认为这未必是件坏事，感到迷茫这一举动本身也是年轻人对自身未来的一种主动思考。或许我们习惯了"从小立志，然后成就一番事业"的故事模板，但其实，人生的路常常是走着走着才开阔起来的。就像村上春树并非从年轻时候就决定要做小说家一样。用他自己的话说，"29岁之前想都没想过竟会写起小说来"。一个人的未来并不总是清晰的，迷茫是再正常不过的事情，前头的路需要尝试和摸索。对于"'社会'究竟为何物？'长大成人'又意味着什么？"这类问题，让我们依靠自己的力量去寻找属于自己的那个答案吧！

如前文所述，本书是我与上海译文出版社合作的第三部译作。但能够在书后附上译后记的，尚属首次。记得10月的某一天，常编辑告诉我这家日本出版社相对宽松，可以自行增添译后记。我当时就在想，终于可以借机感谢在翻译之路上给予自己帮助的同门和同事了。其实，早在第一部译作《堆芯熔毁：福岛第一核电站事故实录》交稿时，我就有写译后记的冲动。当年，在获得试译机会后，我立即开始认真钻研试译内容，使出浑身解数，争取推出优质译文。试译稿在师姐白玉兰的同事东华理工大学核科学与工程学院魏强林老师、师弟四川外国语大学日语学院丁世理老师以及我同事南贵广老师的共同协助下得以最终定稿，并获得了上海译文的肯定，我也因此开启了该书的翻译之路。或许是由于第一次合作的原版书体量大、难度高，在翻译过程中，我得到了很好的锻炼。在之后的第二、第三次合作中，对我而言，原版书几乎可以说没什么难度。在翻译过程中，自己整体上处于轻松愉快的状态，因为内容是我感兴趣的，且语言没有很难的地方。只有极个别多义词的用法或省略的部分我没有百分之百的把握，于是最后将之一并汇总，请教南贵广老师。为此，首先，我要向前文提及的同门以及同事表示衷心的感谢。如果没有他们的协助，我或许拿不出那么优质的试译稿，也便无法作为译者开启与上海译文的合作。

接下来，我还要向上海译文的常剑心编辑表示深深的感谢。剑心编辑做事周到细致，我们的沟通总是那么地顺畅、愉快。在合作的过程中，我从她那里学到了以往未曾了解的一些出版知识。在寄送合同与样书时，剑心编辑总会附上精美的贴纸及写有暖心且漂亮文字的小卡片，给我带来了许多温暖。

最后，我要对为本书的出版付出辛勤努力的所有人员道一声：辛苦了！感谢未曾谋面的他们和我一起，秉持"力图通过引进国外优秀的非虚构作品，带领读者阅读故事，进入真实"的理念，与读者朋友共同直面人间万象，保持对人类经验的关注。

总而言之，从第一部到第三部译著的付梓，一直都是诸多朋友共同努力的结果。在此,对前文提到的朋友们、负责出版工作的全体人员以及我的家人们,再一次表示深深的感谢!

二〇二三年农历癸卯年　冬末初春
熊　芳
于南昌大学前湖湖畔

BOKURA GA HATARAKU RIYU, HATARAKANAI RIYU, HATARAKENAI RIYU
by INAIZUMI Ren
Copyright © 2001 INAIZUMI Ren
All rights reserved.
Original Japanese edition published by Bungeishunju Ltd. in 2001.
Chinese (in simplified character only) translation rights in PRC reserved by Shanghai Translation Publishing House under the license granted by INAIZUMI Ren, Japan arranged with Bungeishunju Ltd., Japan through BARDON CHINESE CREATIVE AGENCY LIMITED, Hong Kong.

图字：09-2023-0595 号

图书在版编目(CIP)数据

我们工作的理由、不工作的理由、不能工作的理由 ／ (日) 稻泉连著；熊芳译. -- 上海 ：上海译文出版社，2025. 3.(2025.6重印) -- (译文纪实). -- ISBN 978-7-5327-9733-2

Ⅰ. I313.55
中国国家版本馆 CIP 数据核字第 2025EV3616 号

我们工作的理由、不工作的理由、不能工作的理由
[日]稻泉连 著　熊芳 译
责任编辑/常剑心　　装帧设计/邵旻　观止堂_未氓

上海译文出版社有限公司出版、发行
网址：www.yiwen.com.cn
201101　上海市闵行区号景路159弄B座
上海市崇明县裕安印刷厂印刷

开本890×1240　1/32　印张8.25　插页2　字数124,000
2025年3月第1版　2025年6月第3次印刷
印数：7,501—9,500册

ISBN 978-7-5327-9733-2
定价：48.00 元

本书版权为本社独家所有，未经本社同意不得转载、摘编或复制
如有质量问题，请与承印厂质量科联系：T：021-59404766